華僑のボスに叩き込まれた

世界最強の稼ぎ方

大城太

幻冬舎

華僑のボスに叩き込まれた世界最強の稼ぎ方

目次

不《ふ》撓《とう》不屈の弟子入り志願篇

吃《きつ》驚《きょう》仰天の修業篇

波瀾万丈の起業篇

カバーデザイン＋本文デザイン　久持正士（有限会社ハイヴ）
装画　高橋のぼる
編集協力　佃俊男
ＤＴＰ　美創

プロローグ

「は？　ワシに弟子入りしたい？　アンタ何言うてんの？　頭おかしいんちゃう？　ワシにめちゃくちゃ会いたがってるヤツがおるっちゅうから、儲《もう》け話かと思たら、弟子て。それはないわ。１００％ないわ」

……断られている。勘違いしようがないほど完全な拒否だ。

「ホンマ、砂漠で砂売り込まれるほうがよっぽどマシやで。ぜんぜんオモロないし、ヒマつぶしにもならんわ」

僕は一瞬天を仰いだ。初登板でいきなりホームランをくらったピッチャーのように。仰いだところで空は見えない。太陽も月もない。代わりに巨大なシャンデリアがキラキラと輝いている。

あまりの眩《まぶ》しさに目を細めた僕の対面で、黒光りするソファに身を沈めているのは、50

代前半くらいのやけに色ツヤのいいオッサンだ。僕に「ないわ」と言い放った後もまだ気に入らないのか、ブツブツと小言を呟《つぶや》いている。

本当に彼が僕の探していた男なのだろうか。

見たところ、貴金属や宝石類は一切身につけていない。がっしりとした体格にフィットしたスーツや靴は高そうに見えなくもないけれど、僕にはわからない。なにしろ僕のほうはスーツ5000円、靴3000円だ。

しかし本当の大金持ちというのは、意外とこんな感じなのかもしれない。まして**在日中国人から〝ボス〟と慕われる、華僑の大物**ともなれば。

華僑。それは中国や台湾といった故郷を飛び出し、世界各国でビジネスを営む中国人のことだ。**「世界最強の商人」とも言われるビジネスセンス**を持ち、裸一貫から富豪にまで上りつめる者も多いという。

さて、どこから攻めてみたものか。とっかかりを求めてぐるぐると頭をフル回転させる。

すると、ボスがこちらの心を見透かしたように言った。

「なんぼ考えてもムダやで。アホが考えてもアホの答えしか出えへんねんから。話終わったんやったらさっさと帰ってや。丁寧に言おか？　お引き取りくださいませ～」

アホってなんだよ、アホって。会って数分なんだからアホかどうかわかんないだろ。

元来、僕は負けるのが大嫌いなのだ。今やっている営業の仕事でも、客が手強いほど闘志を燃やすタイプである。そうだ、ボスのことを初対面の見込み客だと思ってセールストークをしてみよう。セールストークには自信がある。というか、僕の武器はそれしかない。

「大変失礼しました。いきなり弟子にしてくれだなんて、虫がよすぎますよね。でも、もう少し僕の話を聞いていただければ、きっとお気持ちが変わります。ボスにとってメリットがあるとわかっていただけるはずです」

ボスは、ちらっと壁の時計に目をやり、さらに携帯電話をパカッと開いて（いわゆるガラケーだ）わざとらしく眉間にシワを寄せた。帰れ、という無言のメッセージなのだろうが、それぐらい無視するたくましさがなければ営業マンなんてやっていられない。

「僕は起業してお金持ちになりたいんです。もちろん、それは僕の思いであって、ボスには関係ないことだというのは重々承知しています。ですから学ばせていただく代わりに僕を子分として使ってほしい、そう言いたかったんです」

「…………」

「当然こう思われるでしょう。こいつがなんの役に立つのか？　それなんですけど、ボスは優秀な営業マンが欲しいと思っていらっしゃいませんか？　だったら必ずお役に立てます。僕、30歳になったばかりなんですが、新卒の時からずっと営業畑でやってきました。営業成績は常にトップクラスです。一度転職していますが、それも僕の営業力が期待されてのことでして、期待された以上の成果も出せたと思っています」

「…………」

「あの、僕が学ばせてもらいたいのは華僑の方が実践しているビジネスのやり方ですので、営業が得意といっても、自分流にこだわるつもりはありませんし、イチから教えてもらうなんて厚かましいことも考えていません。そばに置いていただけたら、自分で学びます」

「…………」

「ダラダラと居座る気もありません。1年もあればボスの会社の売り上げにしっかり貢献することができますし、僕も起業に踏み切ることができると思うんです。起業した暁には必ず成功してボスのメンツを立ててみせます。

ですから1年だけ、ほんの1年でいいんです。ボスの下で働きながら修業させてもらえないでしょうか。もし、万が一にも役に立たなかった場合はすぐに追い出してもらってかまいませんので」

「…………クックックッ、クックックッ、ブワーッハッハッハッ！」

無表情だった顔がいきなり崩れたかと思うと、ボスは身をよじって笑いだした。

「はー、油断してたわ。いきなり弟子にしてくれ言うて、こいつアホやと思てたら、今度は真面目に笑い取りにくるとはなぁ。オオシロさんいうたかいな。アンタ、ずいぶん厚かましいけど、ホンマに日本人？」

「はい、大城太《おおしろだい》です。日本人です。勤勉で真面目な日本人です。厚かましくて申し訳ありません。だけど、ボスには迷惑かけませんし、ボスの言うことはなんでも素直に聞きます」

「いや、**華僑にとって、厚かましいは褒め言葉**や。でも残念やなぁ。華僑のやり方は日本人には無理やと思うで。ワシ立証済みやねん。ワシのとこで働きたい言うて来た日本人はアンタが初めてやないっちゅうことや。まあいきなり弟子にしろ言うヤツはおらんかったけどな。みんな最初は自信満々やったでぇ。けど一人も残ってへん」

ボスは、小皿に入ったナッツをぜんぶつかんで口に放り込んだ。続いてグラスに半分ほど残っていたビールを飲み干し、わざとらしく肩をすくめてみせた。

「まあそういうことや。ゲフッ」

「お言葉ですが、日本人もいろいろです。僕が初の成功例になってみせます」

「へぇ、大した自信やけど、根拠は？」

「根拠も何も、僕は絶対にお金持ちになると〝決めた〟んです。だから華僑の方々のお金儲けのやり方を学びたい。**なぜ華僑の方々は、世界中で財を成しているのか**を知りたいんです。そのために方々を訪ね歩いていくなかで、ボスのことを知りました。そして、幸運にも今日お目にかかることができた。

決意して行動したことに、運まで味方してくれてるんです。途中で挫折するわけがないじゃないですか」

そう、挫折するわけにはいかないのだ。サラリーマンの小遣いなんて一瞬で吹き飛ぶ高級歓楽街で〝華僑探し〟をしていた僕は、中国人の客引きから情報を得ようとしてさんざんカモられ、妻に内緒で使いまくったカードローンの返済がヤバいことになっていた。

「クーッ。ホンマに笑わせよるな。根拠のない自信っちゅうのはまさにそれのことや。

その意気、エエんちゃう。アンタ今、どないかしたらワシの弟子になれるはずや、ほんで絶対に金持ちになれるはずやと思てるやろ？　根拠のある自信しかないヤツはそんなこと考えへん。**たいがいのヤツは根拠がないことは実現不可能やと思いよる。自分で限界決めてまうねんな**。あっ、今ワシ、エエこと言うたわ。メモっときや。10万円の価値はあるで」

「根拠のない自信……。そうですね、正直、断られるなんて思ってなかったので。でも諦めるつもりはありません。おっしゃるとおり、絶対に弟子にしてもらえると思ってますし、お金持ちになれると信じてます。だから……」

「あ、勘違いせんといてや。アンタを弟子にするつもりはないで」

ボスはテーブルにこぼれたナッツの欠片《かけら》をつまんで床に落としながら、「これっぽっちもな」と付け加えた。

変なところを褒めたかと思えば、結局断るのかよ。

僕は少々疲れてきた。第一このオッサンが本物なのかどうか見極める必要もあるし、作戦を練って再チャレンジしたほうがいいかもしれない。

「わかりました。今日は帰りますけど、ぜひ僕にもう一度チャンスをください。どうしたら認めてもらえるのか考えて出直してきます。また会っていただけますよね？」

「めんどくさいなあ。まあアンタ日本人にしてはオモロいし、たまーに話するくらいやったらエエで。でも期待はせんといてな。それと、ここには来んといて。ここはワシが大事な客人をもてなす会員制クラブなんや。どうやって入りこんだんかは知らんけど、どこの誰かもわからんアンタの来るとこやないねん。今日は客人が遅れてくる言うから、ヒマつぶしに相手してやっただけやで」

来るならオフィスに来い、と言って渡された名刺をうやうやしく受け取りながら、顔がほころぶのを感じた。オフィスを教えてくれるなんて脈ありってことじゃないか。周到に作戦を練れば、次は必ず落とせる。僕は勝ったも同然のつもりでいた。

しかし、その見通しは甘かった。

この夜、ボスが最後に放った言葉を発端に、僕はこれまでの人生のツケを清算することになったのだ。

「今日のところは、労に報いてひとつだけ教えといたるわ。それはな、**『考えて出直してくる』いうんがすでにアウト**っちゅうことや。出直す機会があるなんて、いつ誰が言うた？　厚かましいのも、根拠のない自信もエエけど、**断られるのを想定してへんのは致命的**や。

ええか、**〈想定外〉いうのは貧乏神みたいなもん**やねん。アンタどうせこれまでの人生、想定外ばっかりやったんちゃうか？　いや、話聞かんでもわかんで。まず貧乏神を追い出さへんかったら、金持ちにはなれへんで」

不《ふ》撓《とう》不屈の弟子入り志願篇

1 〈想定外〉という名の貧乏神を追い出せ

ボスと会員制クラブで話してから瞬く間に2週間が過ぎた。ある日の夕方、僕は古ぼけた雑居ビルの前にいた。大企業やメガバンクの社屋が並ぶメインストリートから、20分は歩いただろうか。寂《さび》れた感じのオフィス街にそのビルはあった。

華僑はこういう所で活動しているのか……。

マフィアのアジトを探し当てたような緊張を感じながら、人気《ひとけ》のないビルへと入っていった僕は、目当てのルームナンバーを見つけてゴクリと唾を飲んだ。

重厚そうな鉄の扉の横に「関係者以外立入厳禁」と書かれたプレートが掲げられ、その下には指紋認証システム。表札は出ていないが、ここで間違いなさそうだ。

僕は一度、大きく深呼吸してからコンコンとノックした。

応答もなしに勢いよく扉が開いたかと思うと、顔を出したのは意外にもボス自身だった。

セキュリティ甘いんじゃないか？

「なんや、アンタかいな。なんか用？」

よかった。ボスは僕のことを忘れてはいない。愛想のない関西弁に、少しホッとした。

「お忙しいところに突然お邪魔してすみません。遅くなりましたが先日のお礼をと思いまして。こちら、お口に合うかわかりませんが、地元の銘菓です」

僕は持参した菓子折りを差し出しながら深々と頭を下げた。

「そらおおきに。あ、これ有名な店のやつやんな。なかなか気が利くやん」

機嫌を良くしたボスは、お茶でも飲んでいけと僕をなかへ入れてくれた。中国人社会では贈り物が欠かせないというのは本当らしい。奮発して大正解だ。


ボスは入ってすぐの応接コーナーに僕を案内すると、どこかへ消えた。パーテーションで仕切られていて奥の様子はわからないが、扉の脇に中国の武将らしき等身大の像が立っているほかは、特別変わったところは見当たらない。小さな会社のごく普通の事務所といった感じだ。ただ、やけに静かで人の気配がしない。

この前は、この人物が本当に華僑のボスと言われる男なのか確信が持てなかった。だがあれからすぐ、ボスのことを教えてくれた中国人に尋ねたところ、ボスは建設業・不動産業・貸金業・アパレル業・IT関連業・雑貨販売業・伝統工芸品販売業・民泊業・ホテル業など**200以上の事業を興していて、年商100億はくだらない実業家**なのだという。

しばらくして、自分で急須と湯呑み茶碗を運んできたボスに訊いてみた。

「今日はボスお一人なんですか？」

「さぁ、どうやろなぁ。アンタがなんか不審な動きでもしたらわかるんちゃう？」

ええっ、怖いこと言うなあ。あの武将像、急に動き出したりしないだろうな。

「まあ、もう少ししたらバイトの留学生らが来てごった返すからな、ワシに何か話あるんやったら今のうちやで。弟子入りを認めさせる秘策でも思いついたん？」

そのはずだったのだが……。

前回ボスに会って以来、僕は自分と向き合うのに精一杯になってしまい、弟子入りを認めてもらえそうな作戦を思いつくことができなかった。だから今日はひとまず「お礼」という口実を使って、アポも取らずに押しかけたのだ。このまま時間ばかり経ってしまうよりはそのほうがずっといいように思えた。

「いいえ、まずはボスがおっしゃった〈想定外〉について僕なりに真剣に考えなければと思いまして、自分の過去を掘り返してみたんです」

「へぇ。それはごくろうさん。ほんで？」

「ひとつ気づいたことがあります。僕、自分ではけっこうイケてる人間だと思って生きてきたんです。それはたぶん、本番に強いという自信があったからなんですね。スポーツの試合とか、ビジネスの商談とか、ここぞというときってみんな緊張するじゃないですか。僕は舞台が大きいほど緊張しないんです。


ただ僕の場合、簡単なことほど油断して失敗する傾向があると言いますか……」

「つまりはワシの言うとおりやった、ちゅうことやろ。ヒヒヒッ」

クソー、ムカつくなあ。


実を言えば、過去の掘り返しをはじめたのは、ボスの言うとおりなんかではないと確認するためだった。

これまでの人生が思いどおりではないにせよ、「どうせ想定外ばっかりやったんちゃうか」と言われるほどではないはずだと思っていた。

しかし、真剣に自分の過去と向き合った結果、僕は自分の人生にいくつもの〈想定外〉

があったことを認めざるを得なくなった。それも進路を左右するような大事な局面でなぜか油断してミスをするという、悔しい出来事がたびたびあったことを思い出したのだ。

一番痛いミスをしたのは、武道に打ち込んでいた高校時代。楽に勝てるはずの試合で思わぬ敗北を喫し、希望していた有名私立大学への推薦を受けることができなかった。顧問の先生も、部活の仲間も、親も、全員が唖然とした、まさに想定外の結果。

もちろん一番ショックを受けたのは僕自身だ。思い出すと必ずヘコむから、なるべく思い出さないようにしているうちに、自分のなかではなかったことになっていた。

「まあ、強がっても仕方ないですね。ボスの言うとおりだったと認めます。『想定外は貧乏神』というのもなんとなくわかりました。失敗するかもと想定していないから失敗するわけで、結果的にそれがお金の差になるってことですよね？」

「おっ、まあまあ物わかりええやん。想定外の出来事の対処に時間を使《つこ》てたら、金儲けに集中でけへん。逆に**すべてを想定内で進めることができるヤツは、思う存分金儲けに集中できる**。どっちが金持ちになりやすいかは、歴然としとるわな。〈想定外〉をなくすっちゅうんは、金儲けのみならず成功の第一原則や」

「それがわかったのはよかったですけど、過去の失敗を思い出すのは精神衛生上よくないですね。人間は嫌なことを忘れるから生きていけるって言うじゃないですか。過去のことは変えられないですし、忘れていたほうが幸せってもんじゃないでしょうか」

「出た。成功してへんヤツはみーんなそう言うねん。過去は変えられへんって」

「えっ、じゃあボスは**過去を変えることができる**って言うんですか?」

「当たり前や」

「ちょ、ちょっと待ってください」

僕は慌てて鞄からノートとペンを取り出した。真新しいA5判のノートと、僕が持っているなかで一番上等なペン。

「なんや、それは」

僕は〈華僑のボス名言集〉と題したノートを開いてボスに見せた。1ページ目には、先日聞いたボスの教えが書いてある。

ボスの教え

・アホが考えてもアホの答えしか出ない
・「厚かましい」はOK（華僑にとっては褒め言葉？）
・「根拠のない自信」はいいこと。自信に根拠がある人は自分で限界を決めてしまう
・「想定外」は致命的。貧乏神みたいなもの

「アンタの厚かましさにはホンマ感心するわ。名言集ってなんやねん、〃集〃って。これからワシの教えをじゃんじゃん集めるってか。もうちゃっかり弟子気取りやん」

「とんでもない。弟子にしてもらうには、ボスのお言葉をちゃんと覚えて理解しないといけないと思いまして。先日、ボスもメモっておけと言ってくださいましたし」

「ほな10万円の価値がある言うたのも覚えてるやろ」

ボスは右手を差し出す。その手を僕はしっかりと両手で包み、営業スマイルを浮かべて言った。

「僕が成功したら、10万円と言わず100万円でも」

「ホンマやな？　この耳でしっかり聞いたで」

「ホンマです。だからさっきおっしゃっていた、過去は変えられるって話、教えてくださいよ」

「フン、まあ教えるほどのことでもない、めっちゃ単純な話やけどな」

僕はひと言も聞き逃すまいと身を乗り出した。


「ええか、これまでアカンかったヤツがアカンままやったら、過去もアカンままや。そやけど、アカンかったヤツが成功したらどうなる？　**アカンかった過去を持つヤツほど『あんなにアカンかったのに成功するなんてスゴい』ってなる**」

「それはまあそうですけど、過去に起こった事実自体は変わらないですよね？」

「事実が変わるんやったら世のなか犯罪だらけやん。社会崩壊してまうで」

「じゃあ何が変わるんですか？」

「**変わるんは、自分の過去に対する周りの評価**や。アカンかったヤツが成功したら、アイツは昔いろいろ苦労したから今があるって、周りが勝手に持ち上げよる。過去の失敗をバネにがんばったんやなぁ、とか美談にしてまいよんねん。それが人間っちゅうもんや」

「じゃあ僕が成功したら、過去の僕の失敗もいいように評価されるんですか？　志望校に行けなくて学歴コンプレックスを持ち続けてきたことも、絶対に受かるはずだった教員採用試験に落ちたことも、シャレにならない額の借金があることも？」

「なんや知らんけど、順風満帆でやってきたヤツが成功するよりスゴい、オモロい、ってなるやろな。ワシらの言葉で言うたら、めっちゃメンツが立つっちゅうことや」

ボスの言うことには一理ある。それに希望がある。とにかく**成功すれば、ダメだったことさえ、もてはやされるんだ！**


感動しかけたところで、ひとつ疑問が浮かんできた。

「それなら、僕はわざわざ過去を掘り起こして苦しむ必要はなかったってことですよね？掘り起こそうが掘り起こすまいが、これから僕が成功すればいいって話ですから」

「アンタはほんまにアホやな。ずっとアカンヤツはな、過去のアカンかったことをそのままにするからアカンままなんや。孔子さんも言うとったで。『過《あやま》ちて改《あらた》めざる、是《こ》れを過ちと謂《い》う』って」

「コウシサン？」

「孔子さん知らんのかいな。論語の孔子さんやで。日本人は論語好きなんちゃうの？」

その孔子か。論語か。詳しくはないが名前くらいは知っている。ボスがまるで知り合いみたいに言うからピンとこなかっただけだ。

「その孔子さんですね、なるほど。それで孔子さんは、なんておっしゃったんでしたっけ。過ちて……」

「過ちを犯しても改めへん、それこそが過ちやっちゅうことや。**成功したいんやったらまず昔の過ちを認めて改めなアカン**のや。でもな、人間ちゅうのは人の過ちは覚えとるくせに、自分の過ちはすぐ忘れてしまうもんやねん。アンタもその口やろ？」

「うっ……」

「そのくせ、失敗しよったら『まさかこんなことが起こるなんて想定外でした』って言い訳しよる。アホかっちゅうねん。それは想定外でもなんでもない。ただ自分が忘れとったから失敗してもうただけや。**『想定外やった』っちゅう失敗は、たいがい自分のせい**なんや」

言われてみれば確かに。僕がやらかした想定外の失敗は、ぜんぶ自分のせいだ。

「そうか。想定外の失敗って、自分に負けたってことですよね。ある意味、人に負けるより恥ずかしいし悔しい。だから僕は無意識のうちに忘れようとしてきたのかもしれません」

そうつぶやいた僕の前で、ボスは無言でお茶をすすっていた。

ボスの教え

・成功すれば過去の評価は変わる
・過去の過ちを認めて、改めること（孔子、論語→後で調べとこう）
・人の過ちは覚えていても自分の過ちは忘れてしまうのが人間
・「想定外」は自分のせい→自分のせいだから忘れてしまいたくなる

2　家を治められんヤツが成功するわけない

名言ノートに追加した「教え」を眺めながら、僕は強く思った。

やっぱりこの人の弟子になりたい。どうしても。

「僕、これからは自分としっかり向き合って過去の過ちを改めます。改めることができたら、晴れて弟子にしていただけますか？」

「はぁ？　そんなん、改めたかどうかなんてワシにはわからへんやん」

「うっ……まぁ、そうおっしゃらずに。まず人生で最大級の想定外だった過ちを話しますんで、聞いてください」

「興味ないわ」

「面白い話でも？」

「……ホンマにオモロいん？　笑える話なん？　笑える話やったら健康のために聞いたっ

てもエエけど」

「笑えます。確実です。友だちは全員爆笑しましたから」

「ほなまあ話してみぃや」

「先ほど口走ってしまった教員採用試験のことなんですけどね」

こうなったらボスを笑わせるしかない。僕はお笑い芸人になったつもりで、テッパンの自虐ネタを披露した。


「僕ね、大学生の頃から社長になりたかったんですけど、一方で教師になりたいとも思ってたんです。正直、社長ってどうやったらなれるのかわからないし、現実的に目指すべきは教師だなと。周りからも教師に向いてるって言われてましたしね。

というのも、僕、教育実習の評価が抜群によかったんです。95点以上の『秀』でした。とくに模擬授業が上手いと評判で。お手本として実習生のみんなに見せてやってくれって教官から頼まれたくらいですよ。そんなに向いているのに教員採用試験に受からなかった。さぁ、なんでだと思います？　さすがにボスでも言い当てられないでしょう」

「そら、アンタを嫌っとるヤツに、はめられたんやろ。試験の日程が変わったとか嘘の情報を流されて、アホのアンタはそれを信じてもうた、っちゅうストーリーはどや？　ワシ小説家に転職しよかな」

「いやあの、なんとなく華僑的発想ですよね、はめられるって。ま、不正解ですけど。事実は小説よりも奇なり、ですよ。

なんと僕、試験に何が出るかわかってなかったんです。試験会場で初めて、教育法規が試験に出るって知ったんです。『教育法規？　何それ』状態ですよ。ぜんぜんわからない！　一問も答えられない！　頭真っ白！　顔は真っ青！　まさに想定外！　いやー、それぐらい調べておけよって話ですけどね。仲間うちでは大ウケでしたよ。あれだけ自信満々で最後にやらかすとは、さすがダイちゃんだなーって」

「…………」

「あれ？　面白くなかったですか？」

「ワシのシナリオのほうが断然オモロいけどな、アンタの話もまぁまぁ笑えるんちゃう？　そんなアホなヤツおんねんなーマジあり得へーんって、赤の他人やったらオモロがるやろ。それに友だちは普通、気ぃ遣うわな。そやからアンタ、笑いのネタにしてもうたんやろ？　慰められたりしたら自分が傷つくから」

自分が傷つくから……。そういうふうに考えたことは一度もなかった。

当時は自分も友だちも学生ノリで、笑わせたヤツが勝ちみたいなムードがあった。ありえない失敗をした僕は、身体を張って笑いを提供したつもり、皆に注目される人気者になったつもりだったのだ。

でもたぶん、本当はボスの言うとおりなのだろう。教員採用試験に落ちたことは忘れていなかったが、自分の思い込みが原因で落ちたという事実は最近まで忘れていた。というか、やはり思い出さないようにしていたんだと思う。


「アンタは優しい友だちに恵まれとったんやなぁ。ほんでや。そんな友だちのためにも、改めるべきはなんや?」

「ひと言で言えば、**謙虚になること**でしょうか。自分が正しいと決めつけず、人に訊いて教えてもらうとか、なんでも確認するとか」

「そやな。アンタぜんぜん謙虚ちゃうもんな」

「いや、僕だってさすがに学生時代のままじゃありませんよ。社会の荒波に揉まれて学習しました。ボスの弟子になりたいのも、自分はお金儲けのことをわかっていないと自覚しているからです。自分の力だけでは何もできないってことも、身にしみています」

「フン、ほな訊くけど、**身近な人に対しても謙虚になれてんの？**　まず家族の意見は訊いたん？　起業にしても弟子入りにしても、家族の了解と協力が必要やろ」

「家族には会社を辞めてから言うつもりです。そうじゃないと僕の覚悟は伝わらないと思うんです」

「はぁ？　それこそあり得へんやろ、家族からしてみたら」

「そりゃ怒るでしょうね。何考えてるのって。でも反対できない状況にしてしまうのがかえって家族のためだと思うんです。妻も子どもも、僕が社長になってどんどん稼いだら文句ないわけじゃないですか」

僕はいつの間にか立ち上がって力説していた。

「だから僕は早く成功してお金持ちになる必要があるんです！　ボスが弟子にしてくださったら、今すぐに会社を辞めてきます。仕事はいつでも引き継げるように準備万端ですので」

「会社辞めて生活はどうすんの？　蓄えあるん？」

「ありません。お恥ずかしい話ですが」

「ほなどうすんの？　ワシに給料出せってか？」

「そこまで厚かましいことは言いません。妻も働いてますし、多少の苦労は家族として受け入れてもらいます」

「わかった」

ボスは、開いていた脚を組んで静かに言った。

「本当ですか！　でしたら」

「ようわかったわ。アンタがとんでもない無責任男やっちゅうことが」

「え？」

「自分に一番近い家族を大事にせえへんヤツが、遠い他人を大事にできるわけない。**家族にさえ責任もたれへんヤツが人様から信用されるわけないんや**。そんな基本的なこともわからんまま生きてきてもうた、それこそがアンタの人生最大の想定外や」

「家族……」

「そや。家を治められんヤツが成功するわけない。中国では昔っからの常識やで」

ボスは僕のノートを引き寄せて大きく書いた。

修身《しゅうしん》　斉家《せいか》　治国《ちこく》　平天下《へいてんか》

「これ、**ものごとを治める順番**な。まず自分、ほんで家、次に国、最後に天下。見たところアンタ、家族と上手いことといってへんやろ。**当たり前なんや。自分自身さえ治められへんアンタが家を治められへんのは**。当然、先にも進まれへん。起業して一国一城を築くことも、自分のビジネスで世のなかに貢献することも、今のアンタには決してでけへん」

僕はよろけながらソファに腰を下ろした。

ボスの言うとおり、僕は家族と上手くいっていないが、そんなものは起業して成功すれば自然にまるく収まるだろう、そう考えていた。

周囲を見ても、お金持ちの家は奥さんも子どもたちも穏やかに笑っていて幸せそうに見える。お金さえあればなんでも上手くいく。成功が先、お金が先。それが世のなかの常識ってやつじゃないのか？

混乱する僕を慰めるようにボスは言った。

「ま、アンタもようわかったやろ。日本人が華僑社会でやるんは難しいっちゅう意味が。常識がちゃうねん。そこから変えろ言うても無理やから、大人しゅう会社の世話になっとき。会社はアンタの営業力を認めてくれてるんやろ？　幸せなことやん」

ボスは本当に僕のことを思って言ってくれている、それは伝わってきた。でも、いや、だからこそ。

僕はソファに座り直し、姿勢を正してボスと向き合った。

「ありがとうございます。ご忠告には感謝します。ですが、僕はボスと出会えた幸運を無駄にすることはできません。常識が違うなら自分の常識をリセットします。家族のこともちゃんとします」

「はー。何言うても懲りひんヤツやな。まあアンタみたいなアホは、気が済むまでやらんと納得せえへんし諦めつかんねやろな。やれるとこまでやってみんのもエエかもしれん。けど、どうなってもワシは知らんで」

そう言いつつ、ボスは、僕のノートに新しい文字を書いた。

後院失火

「ごいんしっか。後院、つまり家の裏庭が火事やで、いうことや。**自分の家が火事やったとしたら外の敵と戦うどころやない**わな。今アンタの家は、この状態に近い。表向きは無事そうでも、見えへんところでは大きな火種がくすぶっとる。いつ大火事になってもおかしない。まずは火種を見つけて消すことや」

「火種……ですか」

「そや。どんな家にも火種はあるもんや。けど家のなかの火種をせっせと消しとるもんがおったら家庭は円満にいく。それを、そのうち消えるやろと放っといたら、やれ離婚しただの子どもがグレただの、外からも丸わかりの大火事になるわけや」

「僕の家も、このままでは大火事になる危険性があると」

「アンタの家の場合はアンタが火種の可能性大やな。そうやとしたら、まずアンタ自身が火傷しとるはずや。思い当たること、あるんちゃう?」

ボスの教え

・ものごとを治める順番は自分、家、国、最後に天下
・家の裏庭が火事では外の敵と戦うどころではない。成功するには、まずは家のなかにある火種を見つけて消すこと

3　行き詰まるのは「変われ」のサイン

　ボスに「アンタ自身が火傷しとるはず」と言われた僕には、確かに思い当たることがあった。でも、これ以上ダメなところを晒《さら》したら弟子入りを認めてもらえないのではないか？

　ためらったが、結局正直に打ち明けることにした。

「あります……酒、です」

「酒か。ありきたりやなぁ。どうせ酔っ払って上司に暴言でも吐いたんやろ」

「それもないとは言えませんけど。火傷というなら酒で体を壊したことかなと。僕、実は酒が弱いんです。弱いのに毎日飲み歩いてました。今の会社にどうも馴染《なじ》めなくて、その居心地の悪さを酒で紛らわせてたというか。

　毎日毎日、飲んで騒いで吐いて、また飲んで。それでついに体がおかしくなっちゃったんですよ。日中も酔っ払ってるみたいにフラフラしてました」

「当然の結果やな。そりゃ体も家もおかしなるわ」

「ですよね。週に2~3回は終電を逃して家にも帰らなかったですし。タクシー代がないから漫画喫茶とか、ひどいときは電話ボックスで寝て、そのまま出勤してたんです。だけど夫婦喧嘩にはなりませんでした。僕のほうが圧倒的に弁が立つからです。口論しても僕には絶対に勝てない、妻はそう思ったんでしょうね。代わりに妻が取った行動は沈黙です。僕とは極力口をきかない。そうするのが一番だと思ってるみたいで……」


そこまで喋《しゃべ》ったとき、僕は異変に気づいた。明らかに場の空気が変わったのだ。ボスを見ると顔から表情が消えている。存在感はあるのに、感情がいっさい伝わってこない。何を考えているのか、まったく読めない。時間が止まったかのようだ。


なんかヤバい。本能的にそう感じ、僕の口は勝手に動いて喋っていた。

「いやあの、このままじゃいけないと僕も反省して、酒をやめたんです。体のフラつきもひどくなる一方で、営業車の運転にも支障をきたすようになってしまって。それで半年ほど前にきっぱりやめました」

ボスは相槌《あいづち》を打つこともせず、無表情のまま僕を見つめている。沈黙の圧がまた僕の口を開かせた。

「酒をやめてからは生活パターンが変わりました。家に早く帰るようになって子どもたちとよく話すようになりましたし、本を読んで勉強する時間が増えて、起業のことも真剣に考えるようになりました。それでボスに出会えたわけで、妻にも弟子入りのこととかちゃんと話をしたいんですけど、相変わらず口をきいてくれないんです」

微動だにしないボス。一体どうすればいい？　何を言えばボスは反応してくれるんだ？　焦りながら、僕は頭に浮かんだフレーズをそのまま口に出した。

「つまり、**まずは自分が変わることが必要なのかなと**」

唐突にボスが動いた。ゆっくりと手のひらをこすり合わせたその瞬間、まるで魔法が解けたかのように圧が緩み、時間が動き出した。

「なあ、易経《えききょう》って知ってる？」

何事もなかったかのように聞きなれない単語をぶつけられ、僕の頭は混乱した。

「へ？　あの、占いの易のことですか？　筮竹《ぜいちく》をジャラジャラさせて占うやつ？」

「まあ占いにも使われてるけど、元々は宇宙の法則を説いたもんなんや。７０００年も前に書かれたいう説もあるねんで。すごない？」

「ええ、まあすごいですね」

「そのすごい易経に書いてある、すごい名言を教えたるわ」

ボスはまた僕のノートをひったくって、適当に開いたページに漢字の羅列を書き込んだ。

易窮則変、変則通、通則久

「易は窮《きゅう》まれば変《へん》じ、変ずれば通《つう》じ、通ずれば久《ひさ》し。だいたい意味わかるやろ。行き詰まってどうしようものうなったら、変わらざるを得んようになる。変われば自ずと道は開ける。すると物事は久しく続く、ちゅうんが自然の理《ことわり》、つまり宇宙の法則なんやけど、ここで一番大事なんは何？」

「ええっと、変わること、ですか」

「ピンポンピンポーン。変わるっちゅうプロセスを経て、初めて新しい道が開けるんや。ほんでな、**行き詰まるのは『変われ』のサインやから、悪いことやない**。でかいチャンスきたー！　ってことやねん」

「ということは、体がフラフラしておかしくなったのもサインなんですね。今こそ酒をやめろっていう」

「そやなぁ。酒やめたのはおっきい変化やな。けど、まだアンタの道は開けてへん。ちゅうことは、**もっと根本的なとこから変わらんとアカンねやろなぁ**。ヒヒヒッ」

どうやらボスは「自分が変わる必要がある」と僕に言わせたくて、沈黙の圧をかけていたらしい。僕がまんまと思う壺にはまったから、こんなにテンションが高いのだろう。

さっきの沈黙はすごかった。相手を威圧するテクニックなどというレベルじゃない。人の心を操る「術」だ。華僑がそんな術まで使うなんて知らなかったが、弟子になったら僕も身につけられるかもしれない。

「でもどう変わればいいのか、さっぱりわかりません。家族との向き合い方も正直わからないんです……。ボスにとっては簡単なことでしょうけど、僕のような者には非常に難しい問題です」

「しゃーないなぁ。ホンマ、出血大サービスやで。アンタが変わるための宿題を出したるわ。これクリアできたら、ちょっとだけ弟子入りのこと考えたってもエエで」

「本当ですか！」

「ワシに二言はない、とまでは約束せえへんけど?」

「うーっ、それでもいいです。ぜひお願いします」

「ほないくで。人生に行き詰まり悩み惑う、かわいそうな青年を救う黄金の宿題はコレや!」

ジャーン! ふざけた効果音を発しながらボスがノートに書いたのは、こんな言葉だった。

ズルくなれ

「ズルくなれ? これが宿題ですか?」

「そやで」

「ズルいって、ズルいってことですよね?」

「そやで」

「あの、できないとは言いませんけど、仕事の手を抜くくらいのズルはむしろ得意な方で、そうは言っても僕だってそんなに悪いヤツにはなりたくないっていうか……」

へどもどしている僕の様子を見て、ボスが言った。

「ああそうか。日本でズルいうたら悪いヤツやねんな。詐欺師くらいのイメージか。ワシら華僑の間ではちゃうねん。**ズルいは賢いの意味で、褒め言葉や。**賢いいうても勉強ができる賢さとはちゃうで。智恵が回る賢さいうんかな」

「智恵といってもズルいんだから悪智恵ですよね」

「悪智恵も智恵のうちやけど、人を騙《だま》して金を奪い取るようなんは浅智恵もしくは猿智恵やね。**最後まで自分の思うとおりに遂行して、こっちの思惑を相手に悟らせへんのが智恵**や。バレることがなければ相手に嫌な思いもさせへんやろ」

「バレないように、ですか」

「さっきアンタが言うてた、奥さんに逆ギレして黙らせるいうんは浅智恵、猿智恵や。明らかに自分が不利やから、先制攻撃食らわして自分守ってるわけやろ？　本心バレバレやし弱点みえみえやん」

「そこまでお見通しとは……」

すかさずボスがツッコんでくる。

「おっ、上手いこと引っ掛けたな。底が浅いだけに、そこまでお見通しってか」

「ハハハ。どうも……」

「自分が可愛いのはみんな同じや。みんな自分が大事やし、自分が得したい思てんねん。ただアンタはそれをストレートに出しすぎるっちゅう話やけど、自分が一番大事やてハッキリ自覚してるやん？　それはエエことや。賢いズルさを習得できる素質がある」

「どういうことですか？」

「賢いの意味でズルくなるにはな、何をするにしても『自分のためや』って意識し続けることがめっちゃ大事やねん。最終的に自分が得することを考えて、**目の前の得は人に譲る。ほんで自分はもっとでっかい得を狙う**。ま、成功するための基本とも言えるわな」

「そうなんですか？　成功するには、いかに人のためになるかを考えるのが大事なんじゃないんですか？　成功した人の本にもよく書いてあります。それって建前なんでしょうか」

僕は頭に浮かんだ疑問を口に出した。

「建前でもあるし、本音でもあるやろね。ワシも否定はせえへんで。人は弱いもんや。成功したい思ても、**自分のためっちゅう動機だけやったらなかなか動かれへん**。ワシら華僑かて親族のメンツのためやからこそがんばれる面はある。

　そやけど、突き詰めたらそれも自分のメンツを守るためや。金儲けにこだわるんも、自分の能力を証明したいがためや」

「人に親切にするのも結局は自己満足とか、周りからの評価のためだったりしますしね」

「それを本気で人のためやと思とるヤツおるやろ。そんなヤツほど見返りを求めんねん」

「なるほど」

「**何をするにも基本的には自分のため**。そう認めて割り切っとるヤツのほうが、人に得させて巻き込むのが上手いねん。人を巻き込んだら今度は相手に迷惑かけられんからちょっとのことでくじけんようになるやろ？　それに自分のためと思てたら、騙されるリスクも減るし、失敗しても人のせいにはでけへんから、智恵を絞ってもっと賢うなる。

　そんなこんなで結果的に金稼げるようになるんや。そしたら金儲けの建前が必要になってくる。成功した人間で、人のためや言うてるヤツは、たいがいそういう賢いズルさを持っとんねん」

「僕もそうなれますかね。お金がない僕でも」

「最初は金なんかいらん。**知識、経験、体力、時間、アンタが持ってるもんを人に利用さ**

せたったらエエねん。利用されへんかったら自分の価値を人に知らしめることはでけへんからな。

　会社がアンタに給料払ってるのと同じ理屈や。アンタが少々変人で会社に馴染めてへんとしても、利用価値は大いにあると認められとるわけやろ。家も同じように考えてみぃ。奥さんに自分を利用させたら、火種もすぐ消えるはずや」

「わかりました。ありがとうございます。必ずやります、宿題」


　夢中になって時間を忘れていたが、ずいぶんと長くお邪魔してしまった。ボスに詫びながら時計を見ると、なんと30分も経っていない。これほど濃い時間を経験したのは、たぶん人生初だ。

　僕が応援コーナーから退席すると同時に、ゾロゾロと若い中国人たちが入ってきた。ボスが言っていたバイトの留学生たちなのだろう。

　彼らの一人がボスに中国語で何やら話しかけた。ボスは短く応えただけだったが、その顔は僕に見せる顔とは明らかに違う。なんというか、ちゃんと〝華僑のボス〟だ。

　そうか。僕は部外者なんだよな……。

お金持ちになることが弟子入りの目的だったが、このボスについていったら、本当に僕の人生が変わっていくのかもしれない。いろんな感情と感覚がごちゃまぜになった状態で、僕は家族が待つ家へと帰った。

ボスの教え

- **変わるというプロセスを経て、初めて新しい道が開ける**
- **行き詰まるのは悪いことじゃない。大きなチャンスだと思え**
- **ズルくなれ←宿題**
- **何をするにも「自分のためだ」と意識し続けることがめっちゃ大事**

4　己の持ってるものを人に利用させよ

ラップがかけられた夕食のカレーライスを冷蔵庫から出し、電子レンジでチンしながら、僕はリビングで洗濯物を畳む妻のユキをさりげなく眺めていた。数ヶ月ぶりに話しかける言葉はなかなか見つからない。

結婚十数年になる妻は働きながら家事も育児も一人で引き受けてきた。仕事やら酒やら自分勝手にやってきた僕にはとっくに愛想を尽かし、夫婦の会話はほとんどなかった。

「ズルくなれ」

「アンタが持ってるもんを人に利用させたったらええねん」

そんなボスの言葉に送られて帰ってきたものの、どうすれば今さらユキが僕を利用してくれるのか、その方法は全然思い浮かばない。僕が持っているもの……知識、経験、体力、時間は、ユキにとって利用価値があるだろうか？　どうもピンとこない。

ぐるぐると考えすぎて頭が痛くなってきた頃、ふとひらめいた。

口の上手さというのは、どうだろう。

家では妻を言い負かすために口を使っているが、会社ではこの口で稼いでいるわけで、会社のために使えているのだから、ユキが得するようにも使えるんじゃないか？

うん、なんとなくこの線は大きく間違っていない気がする。だが、僕の口の上手さをどうやってユキに利用させたらいいんだろう。

〈なんぼ考えてもムダやで。アホが考えてもアホの答えしか出えへんねんから〉

ボスの言葉が頭に浮かぶ。そうだ、アホな僕は悩んでいる前に動いたほうがよさそうだ。


「あの、さ……何か、最近困ってること、ないか？」

「はぁ？」

息子のTシャツを畳んでいたユキがいぶかしげな目で僕を見た。当然だ。数ヶ月ぶりに話しかける言葉としては、やぶから棒すぎた。無視されなかっただけで上出来だろう。

「いや、だからきみが困ってること。子どもたちのこととかさ。なにかしらあるだろう」

そう続けたが、ユキはますますいぶかしげだ。

「いやいやいや、気持ち悪いんだけど。今まで私がどれだけ言っても子どもたちのことで助けてくれたことなんかなかったじゃない。なんなの？　なんか隠してるの？　浮気？　リストラ？　横領がばれた？」

またただ。こっちがたまに手伝うそぶりを見せると、「今までなにもしなかったくせに急にやられても迷惑だ」みたいなことを言い出すわけだ。じゃあどうすりゃいいんだ。わかったわかった、もう余計な手出しなんかしませんよ。その代わり、家でゴロゴロしてる僕のことを殺意のこもった目でにらむのはやめてくれよ。

……心のなかにはさんざん反論の言葉が浮かんできたが、**〈成功したければ家の火種を消せ〉**というボスの教えを思い出して、大きく深呼吸をした。

「悪かった、悪かったよ。今までの態度は反省してる。これまで本当に申し訳なかった。浮気もリストラも横領も関係ないよ。いいから、何か困っているなら話してくれよ」

これぐらいの謝罪で今までの行いを許してもらえるとは僕だって思わないが、ユキの表情がわずかにゆるんだような気がした。僕にそんな顔を見せるのは本当に久しぶりだった。

「……来週の、保護者面談かな」

ぽつりとユキが言った。

よしっ、火種を消す糸口、つかんだぁ！　心のなかでガッツポーズをとった。

「保護者面談に行くのが嫌なんだ？」

「だって、あの子のことで先生から今度は何を言われるか」

あの子とは小学4年生の長男・シュンのことだ。愛すべきやんちゃ坊主だが、とにかく勉強が嫌い。誰に似たんだか口達者で喧嘩っ早い。近所では悪ガキのレッテルを貼られているらしい。

「この前のテストも散々だったんだから。いくら言っても忘れ物は減らないし。そもそも私の言うことなんかなんにも聞かなくなっちゃったけどね。あーあ、下のチビたち2人は目が離せないし、最近困ってることもなにも、毎日困ったことだらけだよ」

「ユキにばっかり苦労をかけてしまって悪い。看護師として働きながらの育児、大変だよな。それなら面談には僕が行くよ。それから、シュンには僕からちゃんと話をする」

「えっ。それは助かるけど……。急にどうしたの？」

「うまくいったら詳しく話すけどさ、実はすごい師匠を見つけたんだ。その人に、このまじゃダメだと教えられた」

ユキは怪訝《けげん》な顔をしつつも、「いただきます」とカレーをかきこむ僕にそれ以上突っ込んではこなかった。どうせ気まぐれだと思ったのだろう。

初日の成果をボスに伝えたくて、翌日事務所の前で出待ちをすることにした。日本人にしては厚かましいとボスに言われた僕でも、連日事務所に上がり込むのはさすがに気がひける。あんまりしつこくしてボスに嫌われたら元も子もないし、今日は殊勝に外で待つことにしたのだ。

幸い、30分ほど待ったところでボスは事務所から出てきた。僕に気づくと露骨に口をへの字に曲げて迷惑そうな顔をする。傷つくなぁ。

「まーたアンタかいな。ワシ今から出るとこやねんけど。しかも出待ちて。カワイコちゃんが待っとるんやったら嬉しいけど、無責任男に待たれてもなんも嬉しくないっちゅうねん」

僕はトップ営業マンのプライドにかけて、嫌なムードを吹き飛ばすべく自慢の笑顔を浮かべた。

「残念ながらカワイコちゃんにはなれないですけど、ボスのおかげで無責任男は返上できそうなんです」

「ふうん。まあ、すぐそこの知り合いの事務所に行くとこやから、着くまでやったら話聞いたってもエエけど」

「ありがとうございます！」

僕はボスに、昨夜の妻とのやりとりを報告した。

「フン、まだ奥さんの話聞いただけかいな。まあ無責任男にしては大きな一歩なんちゃう？　でも一度で満足しとったらアカンのやで。信頼されるまで毎日歯ぁ磨くようにコツコツや」

「はい、続けてみます。それでボス、実は相談にのっていただきたいんです」

「金なら貸せへんで」

「いえ、お金のことじゃないんです。うちの子どものことなんですが……。どうしたら勉強するようになると思いますか？」

「はぁ？　そんなんワシ知らんがな。教師でもカウンセラーでもないっちゅうねん。アンタはどないしよ思てたん？」

「そうですね、勉強しないとバカになるぞ！　と、説教しようかと」

ボスは一瞬立ち止まって僕の顔をまじまじと見つめると、ハァーと大きなため息をついた。

「あんなぁ、そんなんで『父ちゃんの言うとおりや、勉強せな！』って思う子がどこにいてんの？　いるなら連れてきてみいっちゅうねん。**無理やりやらせるんやのうて、その気にさせるんや**」

「その気に、ですか」

「アンタかてそうやん。言われたことやるんと、自分がやりたいことやるんと、どっちが楽しい？　やりたいことをやりたいと思たから起業したいんとちゃうん。それと一緒やん。**勉強をさせるんやのうて、したいと思わせる**。そこが親の腕の見せどころやで。

そのためには自分の子のことをよう知らんとアカンやろな。『彼《か》れを知りて己《おの》れを知れば、百戦して殆《あや》うからず』って孫子さんも言うとるやろ。**相手のことも自分のこともよう知っとけば、百回戦ったかて負けることはない**っちゅうことやな。ワシほんまエエこと言うな。教育カウンセラーの看板も出そかな」

「なるほど、子どものことをよく知って、その気にさせるように手を打つってことですね」

「あとは自分で考えや。ほな、ワシ忙しいから行くで。タイムイズマネーやから」

そう言い残してボスは雑居ビルのなかへと消えていった。


その日、家に帰った僕は作戦を練った。酒ばかり飲んでいた頃は週末も二日酔いで、起きるのはたいてい昼過ぎ。約束していたバーベキューをすっぽかしたこともたびたびあった。息子にとってはさぞかし残念な父親だったろう。

でも酒をやめてから、最近は映画のＤＶＤを一緒に観たり、サッカーを楽しんだりする時間も増えている。ここは男同士、腹をわって話をしてみるのがいいんじゃないか。

僕はシュンの部屋を覗いて、「ちょっといいか」と声をかけた。

「お母さんから聞いたけど、この前のテストの点、よくなかったんだって？」

「お父さんまでそのことかよ」

シュンは口を尖らせ、そう言った。

「うん、お前のことだから、残念で悔しかったんじゃないかなと思ってさ」

「えっ？　まあ、それは……。でも勉強しなかったからね」

「勉強は嫌いか？」

「うん、サッカーしてるほうが何倍も楽しいよ」

「そうか。プロ目指してるのか？」

「まあね」

「海外で活躍したりするのかもな」

そう言うと、シュンは照れたように笑みを浮かべた。

「へへ。だから勉強なんかしてるヒマないんだよね」

シュンのその言葉に、僕は「えーっ」と驚いてみせた。

「何？」

戸惑った顔でシュンが訊く。

「いや、サッカーが好きで、勉強が嫌いだなんてもったいないことだと思って」

「何がもったいないの？」

「あのさ、サッカーって、身体だけじゃなくて頭も使うスポーツだろ。相手の強みと弱みを事前に覚えたり、監督の立てる作戦をきちんと理解したりとかさ。だから身体を鍛えるように頭も鍛えると、もっとサッカーがうまくなると思わない？

勉強って頭の筋トレなんだよ。グラウンドでは身体を鍛えて、授業では頭を鍛える。そうすれば、もっともっとサッカーがうまくなるんじゃないか」

するとシュンは黙った。僕の言ったことについて自分なりに考えているみたいだ。

「でも……わかんないところがいっぱいあって、授業についていけないんだ。どうやって勉強したらいいか全然わかんないし。友だちは塾に行けばって言うけどさ……」

「そうか。よし、シュンも塾に行ってみるか？」


「……というわけで、シュンは塾に行くことになった」

リビングに戻ってユキにそう報告すると、鳩が豆鉄砲をくらったような顔、というのがぴったりくる表情をした。僕はドヤ顔にならないように十分気をつけたつもりだが、どうにも鼻の穴がふくらんでしまっているのは自覚した。

営業マンとして培ってきた口の上手さを使って、家族の悩みをひとつ解消できそうなことが、自分でも意外なほど嬉しかった。

「明日、シュンを連れていくつか塾を見てくる。それからきみと3人で話し合ってどこにするか決めよう。シュンの学習計画もざっくり立ててみた。忙しいと思うけど、シュンが実行できているかどうかのチェックは、きみに任せてもいいか」

「え、ええ」

ユキは驚いた表情のまま、そう言った。

「あとは来週の面談だったね」


その次の週、僕は小学校の教室でシュンの担任教師と向き合っていた。

ベテランらしい女性の先生は、案の定シュンの問題行動を並べ立ててくる。授業中の私語が多い。周りの生徒にも話しかけるのでみんなの勉強の邪魔になっている。体育だけは集中して授業を受けるが、それ以外の教科は上の空。忘れ物が多く、宿題の提出もムラがある……。

息子のことをくどくどとこき下ろされ、僕の頭にはひとつひとつの苦言に対して息子をかばう言葉が浮かんでくる。今までの僕なら、得意の口で理屈をこねくり回し、先生を言い負かしていただろう。

でも今は違う。**〈まず人に得をさせよ〉**というボスの教えを思い返していた。ひとつ深呼吸をしてから、先生をまっすぐ見つめて言った。

「先生のおっしゃるとおりです。息子は勉強に興味が持てず、そのせいで忘れ物も多かったのでしょう。親の監督不行き届きで、授業にも差しさわりがあったとのことで申し訳ありませんでした。

でも、先日親子で話し合いをしたら、ようやく勉強の大切さを理解できたようです。塾通いもスタートすることにしました。それに学習計画を立てて、妻がそれをチェックすることにしたんです。これから息子は変わっていくと思います」

そう告げると、先生の態度が一変した。

「あのシュン君にどうやって勉強の大切さを理解させたんですか？　ぜひ聞かせてください」

「そんなにたいした話じゃありません。あの子はサッカーが大好きなので、『お前の好きなサッカーは頭脳プレーが必要だから、勉強して頭を鍛えておくと役に立つよ』という話をしたんですよ」

「そうでしたか。ご家庭によって勉強に対する方針は全然違うんですよね。家庭学習をさせるようお願いしても、『うちの子は勉強できなくても構わない』とか『勉強させるのは先生の仕事でしょう』なんておっしゃる親御さんもいらっしゃって……。困るのはお子さん本人なので、教師としてはなんとかしたいんですが」

「今の先生方は大変ですよね。先生のような熱心な方が息子の担任で本当によかったです」

そう伝えると、堰《せき》を切ったように先生の口から愚痴があふれ出た。余計なことは言わず聞き役に徹することで、先生と打ち解け、味方につけることに成功したみたいだ。

目の前の**ささいな勝ち負けにこだわらず、長い目で見て自分と家族の得を考えることができた**のだ。「賢いズルさ」に近づけたという自信が持てた。

それからも僕はことあるごとに「何か困ってることない？」とユキに声をかけ続けた。「一度で満足したらアカンで」とボスが言っていたことを肝に銘じて、妻に利用されることを毎日の習慣にしたのだ。

はじめは不審がり、微妙な反応だったユキも、最近では自分から僕に相談を持ちかけてくれるようになった。ユキとの協力関係ができてきた。

ほとんど口をきくことがなかったユキとの関係は、今では大きく変わり、子どものことを中心に毎日よく話すようになった。長男が勉強するようになると、なんでも真似したいチビたちも勉強することに興味を持ちはじめた。まさに万々歳だ！

学校の面談から2ヶ月ほど経ったある日、リビングで洗濯物を畳むユキに話しかけた。

「どう、何か困ったことない？」

「あなたは最近そればっかり」

ユキはそう言って笑った。

「もう十分、助けてもらってますよ。それにしても、あなた変わったね。昔とは別人みたい。あんなに自分勝手で家庭のことなんて見向きもしなかったのに、最近はＰＴＡの役員やら町内会の役員まで引き受けて。最近のあなたには驚かされっぱなし」

「そうかな。もしそうなら、すべてはボスのおかげかな」

「ボス？」

「前に少し話したことがあったろ。すごい人に会ったって。在日華僑の間で〝ボス〟と敬われている人物で、僕が変われたのもボスに会ったことがきっかけなんだ。

ボスに言われたよ。家庭を大切にできない人間が成功なんてできるわけないって。言われるまで思いもしなかった。成功して金持ちになれば家族も幸せになる。そう思い込んでたんだよね。

でも今は違う。家族の幸せなしに仕事の成功なんてあり得ないって理解できたよ」

「ふうん。すごい人なんだね」

「ああ。だから、ボスからもっとビジネスのことを学びたい。そして起業したいと思ってるんだ」

僕はユキの目を見て言った。面と向かって起業の意志を伝えるのは初めてだ。ユキは洗濯物を畳む手を止めて、黙っている。反応を待つ間、柄にもなく心臓が高鳴った。

「……何を夢みたいなこと言ってんの。あなたには家庭があるんだよ。安定した会社でしっかり働くのが家族のためでしょ」

ダメだったか。でもここで諦めることはできない。わかってもらえるまで時間をかけて話をしよう。「だけどね」と話し出そうとする僕を見て、ユキはいたずらっ子のような笑顔になった。

「って、昔のあなたにならそう言ったと思うよ。でも、今のあなたは違う。私のことも子どもたちのことも考えてくれている。そういうあなたの夢なんだから、私たち家族の夢でもあるでしょ。一緒にかなえていこうよ」

「あ……ありがとう！」

「私はあなたを全力で応援する。会社もいつ辞めたってかまわないよ。生活のことはなんとかするから」

その言葉にふいに目頭が熱くなって、慌ててティッシュを取り、洟《はな》をかむふりをして目元を拭った。

妻が夫を応援するのは当たり前だろう、とこれまでの僕はいつも苛立っていた。本当はユキだって応援したいと思ってくれていたのに、それに応えられる自分ではなかっただけなんだ。僕には相手の気持ちを考える余裕がなかった。人に得をさせる、ましてや身内に得をさせるなんていう発想が出てくるはずもなかった。

でも、今回ボスの宿題をやってみて、僕は強く実感していた。**賢いズルさは、自分も周囲も幸せにするんだ**ってことを。

易窮則変、変則通、通則久

ダイニングテーブルで開いていたノートにくっきり浮かび上がるボスの大きな字が、今まさに自分が変わり、道が開けたことを告げてくれているようだった。

ボスの教え

・知識、経験、体力、時間、自分が持っている何かを人に利用してもらう
・相手のことも自分のこともよく知れば、百回戦っても負けることはない

5 自分の名前ではなく会社の名前を売り込め

会社での仕事に加えてPTAや町内会での慣れない用事を抱え込んだせいで、最近の僕の忙しさは尋常ではない。ようやくボスの事務所を訪ねたときには、出待ちした日からすでに3ヶ月が経っていた。

「お、ちょっとはマシな顔つきになってきたやん」

今日もボスは自ら事務所のドアを開けると、僕の顔を見るなりそう言ってニヤリと笑った。雑誌に載っていた有名店の菓子折りを差し出すと、上機嫌で事務所に上げてくれた。思ったとおり、ボスは甘党らしい。

前と同じ応接コーナーに通された。今日は留学生らしい若者が何人かいるみたいで、1人がボスと僕にお茶を出してくれた。

ボスがお茶に口をつけるのを待って、この3ヶ月に起きたことを話した。長男の好きなサッカーの話を持ち出して、勉強したい気持ちにさせたこと。PTAや町内会の役割を買って出たことで、学校の先生やご近所さんからの評価も変わってきたこと。何より、妻との関係が修復しつつあること。

「へぇ、アンタにしたらうまいことやっとるやん。息子さんのことも上手に〝はめ〟よったな」

「そうですか？　別に騙したつもりはないんですけど」

「相手に無理やり言うことときかすんやのうて、あくまで『自分が考えて、自分で決めた』て思わせる。そういうんをワシらの言葉で〝はめる〟言うんや。アンタも『ズルさ』を身につけてきたんとちゃうか。この宿題はまあ及第にしといたろ」

「ありがとうございます！」

テーブルにノートを開いてボスの言葉を書き留めていると、何やらボスも書き込んできた。

知難行易

「知るは難しく、行うは易《やす》し。華僑は、ようこの言葉を使う。読んだり聞いたりしたら、つい物事を全部知った気になりがちや。でも**ホンマに〝知る〟っちゅうことは、そんなに簡単やないねん**。実際に行動して、その体験が自分の血となり肉となって、初めて知ったと言えんねん。**行動を積み重ねながら学んでいくしかない**っちゅうこっちゃ」

こうして華僑の教えを説いてくれるということは、もう実質的には弟子と言えるよなぁ。

「何ヘラヘラしてるんか知らんけど、ワシ、アンタの弟子入りを認めたわけやあらへんで」

「ええっ、そうなんですか？　そうおっしゃらずに、なんとか僕を弟子にしてください。絶対お役に立ちますよ」

「役に立つ？　確かにアンタは宿題をクリアしたけど、ワシまだ全然得してへんがな。まあアンタの持ってくる菓子はまあまあ好みやから、その菓子代として話聞いたってるけど」

「ボスに得させる方法は、弟子入りしてから追い追い……」

「だいたい弟子入りやら独立やらゆうけど、自分で経営したこともないアンタに何ができんの？　会社を辞める前に、今しかできへんことってぎょうさんある思うねんけど」

「今しかできないこと、ですか」

「せや。アンタが**社長になりたいんやったら、絶対必要**やな。はいっ、シンキングターイム、スタート！　チッチッチッチッ……」

会社を辞める前にやるべきこと？　営業力には自信があるし、経営者が書いた本なら山のように読んできた。そのうえで必要なことと言えば、会社法を学ぶとか？

「ブブー。時間切れ。答えは**経営の練習**や。ペーパードライバーがＦ１のレースで走れるわけないやん。アンタ今、それと同じような状態やねんで。

経営者になるっちゅう視点で今の仕事見たら、勉強させてもらえること、ぎょうさんあるやん。たとえば**事業の立ち上げなんか会社におってもできる**やんか。しかも会社員やったら失敗しても赤字は全部会社持ちや。その上給料までもらえる。こんなに練習しやすい場所、ないんちゃう？」

「まあ一理あると思いますけど、うちには社内ベンチャー制度とかないですし」

「フンッ、ホンマつまらんやっちゃなあ。四の五の言うとるヒマあったらまずはこれ、やってみい」

と、ボスは僕のノートにまた勝手に書き込んでくる。

会社の名前を売り込む

「なんや、意外そうやな」

「いや、どんな宿題かと思えば、僕は営業マンなんですよ。いつもやってることですよ、これ」

「ほんまにそやろか。厚かましいアンタのことやし**自分の名前を売ってるだけとちゃうか**。それはアカン。会社の名前を売り込むんやで」

もっと詳しく訊きたかったが、電話が立て続けに鳴り、ボスは出かけることになってしまった。今日のお礼を伝え、僕は事務所を出た。


次の日の朝、まだ誰も出社していない会社のデスクで、ボスから出された宿題のことを思い返していた。「自分の名前」と「会社の名前」か……。

ふと思いついて、パソコンに向かいはじめた。

「大城君、おはよう。早いね」

僕の上司である長谷川さんが出社してきた。

「何を作ってるの？」

「わが社の特徴を、取引先に知ってもらうための資料があるといいかなと思いまして」

「ほう。それは素晴らしい考えだね」

「えっ、何がですか」

「大城君の資料を使うことで**会社の認知度が上がれば、営業部全体としての底上げができる**からな。その資料、完成したら部のみんなで共有させてもらえないか」

「はい、承知しました。……あの、ちょっと伺《うかが》ってもよろしいですか」

僕は長谷川さんにたずねた。

「どうして会社の名前を売り込むと、営業部全体が底上げできるんですか？」

「うん。たとえばある営業マンがすごく売り上げを伸ばしているとしよう。『○○さんだから契約するんだよ』なんて感じで、取引先からの受けもいい。

そういう関係は会社にとって一見いいように思えるが、もし彼が転職したら会社はどうなる？　引き継いだ後任担当者は、結構大変な思いをするはずだ。売り上げだってたぶん前ほどには望めないだろう」

「そうですね」

「だけど『〇〇社だから契約する』と思ってくれている取引先が多ければ、そうした売り上げのばらつきは少なくなる。つまり**安定した利益を継続的に得ることができる**わけだ。前者と後者、経営的に見ればどっちがいいかとなると、私は後者だと思う」

「安定した利益を継続的に、ですか」

「そうだ。私たちの給料だって、備品のパソコンや消しゴムだって、安定した利益が継続的に会社へ入ってくるから、毎月支払いができるわけだからね」

「会社の名前を売るって、大事なことだったんですね」

「自分の顔と名前を売り込め、とは営業の世界でよく言われることだが、会社の名前と顔、つまり特徴をおぼえてもらうのも、経営的に見れば大事なことだ」

「そうやって**会社の特徴が知られるようになれば、新しい商品を営業するときもスムーズにいきやすくなる**んですね」

「そうだな」

話しているうちに同僚が次々と出社してきた。

「じゃあ、がんばって」

長谷川さんは自分の席へと去っていった。

なぜボスが「会社の名前」を売ることにこだわったのか、長谷川さんと話すことで見えてきた。会社の名前を売るというのは、経営の大事な練習だったんだ。

考えてみたら、僕は顧客に「大城さんだからまかせるよ」と言われたくて仕事をしてきた。たとえば「お客様のために上層部を説得して、この価格を実現しましたよ！」なんていうセリフをよく使っていた。会社に盾ついてでも、僕だけはお客様の味方です、という印象を与えていたんだ。

だって「御社だからまかせるよ」と言われるより、「大城さんだからまかせるよ」と言われるほうがずっと達成感がある。

ボスの言うとおり、会社の名前を売るということには意識を向けていなかった。

この会社は業界でそこそこ知られているから、名前を出せば「ああ、あの会社ね」と言ってもらえることが多い。しかし、いざ自分が会社を起《た》ち上げたとしたらどうだろう。万感の思いを込めてつけた名前でも、取引先からすればただの無名企業だ。

商品を売るどころの話ではなく、**自分の会社がどんな会社であるか、まずはそこから知ってもらわないといけない。**

会社員でいる間に、「会社の名前を売る」というスキルを手に入れておくべきなんだ。

ボスの教え

- **相手をはめる＝自分が考えて、自分で決めたと思わせること**
- **読んだり聞いたりするだけではダメ。実際に行動した体験が、自分の血となり肉となって初めて知ったと言える**
- **会社勤めの間に経営の練習をしておくこと。まずは「会社の名前を売り込む」**

6　自分で儲けられるようになれ

前回の訪問から1週間ほど経ち、僕はまたボスの事務所の扉をノックした。今日はボス本人ではなく中国人の若者が扉を開けてくれたので、ボスへの来意を告げるとともに、「おいしいアップルパイを持ってきました」と付け加えるのを忘れなかった。一旦扉を閉めた若者は、少しすると扉を開けてなかに通してくれた。

応接コーナーへと進むと、パーテーションの向こうでボスが若者たちに何やら指示を出しているのが見える。すると若者たちはそれぞれ出かけていく。紅茶とアップルパイを応接コーナーに出してくれた若者もそれからすぐに外に出ていってしまい、ボスと二人きりになった。

「相変わらず、よう来るなぁ」

ボスはアップルパイをものすごい勢いで口に運びながら言った。フォークを使うのは早々にもどかしくなったようで、銀紙を剝《む》いてかぶりついている。

「弟子にしていただけるまでは、何度だって足を運びますよ」

「ホンマ厚かましいなあ。そもそもここに来たっちゅうことは、宿題ができたっちゅうことなんやろな」

「はい、ボスがおっしゃりたかったことはわかりました。起業したら最初に僕が売らないといけない商品。それは『会社の名前』なんですね。そのために、辞める前から会社の名前を売る練習をする。そうしておけば起業したとき、会社としていいスタートを切る力になります」

「そやな。起業したときに、取引先や銀行が気にするんはアンタ自身のことやない。アンタが作った会社が大丈夫かどうかや。

まずは**会社の名前を売って信用度を上げて、取引先に『ええ会社やな、信頼できるな』と思ってもらうこと**。それができて初めて、アンタの提供する商品やサービスが売れるようになっていくんや」

ボスは口の周りについたアップルパイの残骸をティッシュで拭いながら、まだ手をつけていない僕のアップルパイをじとっとした目で見つめてくる。

「よかったら、どうぞ……」

「こらおおきに」

ボスはすぐさま僕のアップルパイを皿ごと引き寄せた。「おおきに」って、なかば奪い取ったようなもんじゃないか。食べながら僕のノートまで奪い取ると、ボスはなにやら書きはじめた。アップルパイのくずをこぼさないでくれ……。

説以先民、民忘其労

「前に教えた易経にはこんなすごい言葉も書いてあんねんな。説《よろこ》びてもって民に先だつときは、民その労を忘る。

まず民を喜ばせることで、民は苦労を忘れて働いてくれるようになるっちゅうことやね。

自分自身を売り込むことばかりやっとったら、アンタを支えようと思う社員なんかおらんようになるで。そしたらアンタはいつまでも一人きりや。毎日毎晩忙しゅうて、社長としての仕事ができんようになるわ」

「そうですね。今回の宿題をやってみて大きな収穫だったのは、『会社の看板あっての自分』だと気づけたことです。おかげで変な勘違いをせずにすみました」

「アンタ、営業力に関してはえらい天狗やったもんなぁ」

中国でも自慢たらたらで鼻が高くなってるヤツを天狗って言うのか？　そもそも天狗ってやっぱり中国から来たんだろうか。あとでネットで検索しとこう。

「ま、アンタだけやない。『僕は営業できるんです。こんな大きな事業をやってきました』とか、ワシんとこ来るヤツはみんな、そんなこと言うねん。けど実際に起業したらさっぱりや。なんでかわかるか。会社っちゅう看板があるからできてたことを、自分の力と勘違いしてまうねんな。

自信を持つことは大事やけど、**今の自分の状況を俯瞰《ふかん》する力も社長には必要**ゆうこっちゃ」

「肝に銘じます。ところで、ボスはいろんな事業をなさっているそうですね」

「まあ、金になることをいろいろとな」

「どうやって儲けを出すんですか？」

「そりゃあ、**安う買って、高《たこ》う売る**。ただそれだけや。あったり前のことやん。しょうもないこと訊いてるヒマあったら、まずは自分で儲けてみいや。知難行易。実際に行動して、答えを見つけるしかないんやから」

これにはなんの反論もできなかった。行動する大切さを知ったつもりでいたのに、何か特別な秘策を授けてくれることを期待してしまっていた。

「自分で儲けられるようにならんと、話にならんわ」

重ねて言われ、とぼとぼと事務所を出るしかなかった。


自分で儲けてみろと言われても、一介のサラリーマンにどんなことができるだろう。家に帰った僕はダイニングテーブルでパソコンを開き、何かヒントはないかと探しはじめた。ついでに「天狗　中国」で検索して、日本の天狗と中国の天狗は全然違うという知識を得た。

儲かりそうなことを検索してみてすぐにひっかかってきたのは、サイトやブログを作ってそこに広告を載せるアフィリエイトだ。

なかにはそれで生活をしている人もいるようだが、お小遣い程度しか稼げない人もけっこういるらしい。ボスに胸を張って「儲けました」と言えるようなビジネスとはほど遠い印象だ。僕は椅子の背にもたれてうう〜と唸《うな》りながら伸びをした。

「どうしたの？」

居間をとおりかかったユキが、僕の対面に座る。

「ボスからの宿題。自分で儲けてみろってさ」

「そうなんだ」

「安く買って、高く売る。それが儲けるコツだってボスは言うんだけど、何を売ればいいんだろ」

「で、パソコン見てたのね」

「うん」

「ねえ、お茶でも飲まない？」

「そうだね」

ユキは立ち上がり、台所へと入った。電気ケトルで沸かした熱湯をティーポットに入れる。しばらくして運んできてくれたのはカモミールティーだった。ほんのり甘い香りが気持ちをなごませてくれる。

「ビジネスのことはよくわからないけど、あなたが**売りやすいものでコストが安くすむものって何かないのかなぁ？」

ユキはカモミールティーをひと口飲むと、僕にそうたずねた。

「売りやすいといえば、いつも営業している医療機器だけど。まさか勤めてる会社と競合するようなことはできないしね」

「いっそのことあなた自身を売っちゃえば？」

ユキは冗談ぽくそう言った。

「僕自身を……そうか、それだ！」

僕は急いでパソコンに向かって検索をはじめた。

「何？　冗談だよ。人身売買はいくらなんでも……」

「大丈夫、売るのは僕が持っているノウハウにする。これ見て」

とパソコンの画面をユキの方に向ける。そこにはひとつのサイトを開いていた。

「情報販売サイトだ。自分の持っているノウハウなんかをわかりやすくまとめて、サイトで売ってる人たちがいるんだ。自分の知っていることをまとめるだけだから、仕入れコストはほぼかからない。時間さえあればすぐにできる」

「それ、いいじゃない！」

その日から僕は「売れる営業」のメソッドをまとめることに時間を費やした。巷《ちまた》にあふれる営業術の本を片っ端から調べて、どうやって差別化するかを研究した。失敗談もふんだんに盛り込み、具体的事例をもとに説明する形にした。

同時にホームページ作りにも取りかかった。売れるサイトにしなければ、商材の中身が疑われる。この部分はプロの手を借りながら、かなり力を入れて作った。

商材をアピールするためにメルマガやブログもはじめることにした。はじめはアクセス数が少なかったが、回を追うごとにアクセス数が増えていき、ついには購入してくれるお客さんが次々と現れた。その後も売り上げは順調で安定的な収入になりはじめた。

急ごしらえではじめた情報販売ビジネスが、こんなにうまくいくとは嬉しい誤算で、ボスに出会うまでに使ったカードローンもこの収入でほぼ完済できた。

僕はいよいよ、会社を辞めることにした。

「明日、会社を辞めてくる」

決意を固めた日の晩、僕はユキにそう言った。

ひと言「がんばれ」と返ってきた。

次の日の朝、僕は上司の長谷川さんに退職願を出した。

実は、退職願を書いたのはこれが初めてではない。営業成績は悪くなかったものの、持ち前の喧嘩っ早い性格のせいで社内の人間関係がうまくいかず、自分の意に染まないことがあると「それなら辞めます」とタンカを切ったのは一度ではなかった。そのたびに慰留され、他の部署に異動したりしたものの、今度ばかりは本当に辞める。

長谷川さんは驚いたようだった。それはそうだろう。ついこの前営業資料を一生懸命作っていた人間が辞めるとは普通は思いもしない。最近は社内でのいざこざもなくなって、長谷川さんとしてはひと安心と思っていただろう。

しかし、僕の顔をしばらく見つめた長谷川さんは、

「本気なんだな」

とひと言確認しただけで、退職願を受け取った。

「今までご苦労さん」

短い言葉だったが、じっと見つめる眼差しに、「お前らしくがんばれよ」と励まされている気がした。

僕は全然いい部下ではなかった。毎日酒臭い体で働いていたくせに、なまじ営業成績が悪くないものだから誰の言うこともまともに聞かなかった。長谷川さんの判断に納得がい

かなくてつい突っかかってしまったことも何度もある。

でも、今になって考えると、長谷川さんは彼なりのやりかたで僕を応援してくれていたんじゃないだろうか。そう、妻のように。そう気がついた瞬間、僕は長谷川さんに向かって深く頭を下げていた。

「本当に、今までお世話になりましたっ」

会社に退職願を出した僕は、その足でボスのもとを訪れた。

「ボス！　今日は報告があります。サイトで営業のノウハウを売ることで、自分で儲けられるようになりました。会社も辞めました。ぜひ弟子にしてください！」

「そうか。ほな、明日から来たら」

今までの拒絶がうそのようだった。念のため自分の頬を強めに張ってみたが、夢じゃないらしい。

ボスと交わした約束は1年。1年後には独立して念願の起業家になる。絶対に成し遂げてやる、という思いが一層強くなった。

ボスの教え

・自分で儲けられるようになれ
・ビジネスの基本は、安く買って高く売ること

吃《きつ》驚《きょう》仰天の修業篇

1　チャンスをつかむのはヒマな人間

早起きが苦にならないのは僕の数少ない美点だ。弟子入り初日、教わっていた暗証番号でセキュリティシステムのロックを外し、事務所に入ったのは午前7時前だった。それなのに、もうボスがいるではないか。

「なんや、朝は早い言うてたけど、口ほどにもあらへんな」

ヒヒヒと笑っている。気分を害したわけではなさそうだ。

「アンタのデスクはここや。働きやすいように事務所の模様替えしてもええで」

「えっ!?　いいんですか？　今日から働く新人なのに」

「**新人とかベテランとか、関係あらへん**。模様替えでアンタのパフォーマンスがあがるんやったらワシにとっておトクやん。あ、ただし金は使わんといてや」

「ありがとうございます！　じゃあ、早速レイアウト考えます」

ボスは、出社してきた中国人の社員やアルバイトらしき学生にも、僕の指示に従ってレイアウトの変更を手伝うようにと告げている。

日本流の仕事の仕方しか知らない僕にとっては、まさに想定外のスタートだ。「弟子入り」なんだから、デスクも与えられず雑用に追いまくられることを覚悟していた。

それがどうだろう。出勤初日にしてこの厚遇。ボスって本当はいい人だったんだ！

「期待されている」という状況に、やる気や情熱がふつふつと沸き上がるのを感じた。

社員総出でのレイアウト変更を終え、お茶でも飲もうということになった。

「僕がお茶淹《い》れます。みんなに手伝ってもらいましたし」

そう申し出て、フロア共有の給湯室でポットに水を入れ、事務所に戻ってコンセントにプラグを挿したときだった。

「おいっ！　何、勝手に会社の電気を使《つこ》とんねん」

ボスの大声が飛んできた。鼓膜がビリビリと震える。

「その電気で会社の利益が減るんや！　この金を儲けるのに、どんだけ苦労した思てんねん」

「でも……プラグを挿さないとお湯が沸かないじゃないですか。給湯室には空いてるコンセントがなかったし」

「アホか！　なんで会社が事務所の家賃のほかに、共益費を払うとると思てんねん。給湯器のお湯やったらタダやないか。

ええか、**金持ちになりたいんやったら、自分のために使う金は徹底的にケチらなあかん。**1円のムダが積もり積もったら、ごっついムダになるいうんを忘れんときやっ」

まさに瞬間湯沸かし器のようになってしまったボスの姿に呆気にとられたが、はっと正気を取り戻して給湯室へと急いだ。

さっきまでの厚遇はなんだったんだ？　ポットのお湯ぐらいでこんなに怒られるなんて……。

しょんぼりしながら給湯器でお茶を淹れて事務所に戻り、みんなに湯呑みを渡してから自分もデスクでお茶をすすっていると、だんだんとボスが言うことももっともだなぁと思えてきた。

サラリーマンだった僕は、売り上げを伸ばすことには一生懸命だったが、経費や利益についてはこれまであまり意識をしていなかった。1円レベルでの利益にもこだわるボスの姿勢に、自分の甘さを思い知らされた。

その日は細々とした雑用をまかされたが、すき間の時間を見つけてノートにボスの言葉を書きとめていた。するとボスがやってきて、無言でノートをひったくると、いつもの大きな字でこんな言葉を書いた。

青取之於藍　而青於藍、冰　水為之　而寒於水

「青は之《これ》を藍《あい》より取れども藍より青く、冰《こおり》は水之を為《な》せども水よりも寒《つめ》たし。荀子《じゅんし》さんの言葉や。弟子が師匠を超える、ちゅう意味で使われることが多いねんな。ダイちゃんもせっかくうちに来てんから、ただ華僑のビジネスを勉強するんやなしに、ワシを超えるつもりでしっかり盗むことや」

華僑の智恵を学んで華僑を超えろ。今日からボスのもとで修業をはじめる僕にとって、これほどありがたい言葉はなかった。

その後、宛名が書かれた封筒に書類を入れて郵便局で出すように指示された。枚数はざっと50枚、そう大変な仕事ではない。郵便局も近くにあるのを知っている。困ったのが郵便代だ。さっきのポット事件のこともあるし、ボスにお金を請求するのが憂鬱《ゆううつ》だった。大した額ではない、と自分に言い聞かせ、自腹を切ることにした。

郵便を出して事務所に戻ると、17時を回っている。

「ダイちゃん、今日はもうええで」

いつのまにかボスから「ダイちゃん」とよばれるようになっている。今日は気持ちが上がったり下がったり、まるでジェットコースターに乗っているような一日だった。

帰り際、ボスが1万円札を渡してきた。

「さっきの切手代や。おつかれさん」

両手で受け取った1万円札を思わずじっと見つめてしまった。損したと思ったのもつかの間、プラスにかわった。さすがボス！ **1円の利益をおろそかにするなと言いながらも、弟子に損はさせない**。これこそボスがボスたる所以《ゆえん》なんだなぁ。学びの多かった一日に、満ち足りた気持ちで事務所を後にした。

弟子入りから数日経ったが、ボスはいつも忙しそうでなかなかゆっくり話す機会がない。

だから早朝、みんなが出勤してくるまでの間は、ボスと話せる貴重な時間だ。

「ダイちゃん、**チャンスをつかむために大事なこと**ってなんや？」

ある朝、ボスは唐突にたずねてきた。

「ええと、情報をつかむための勉強を怠らない、とかでしょうか」

「ブッブー。ダイちゃんはこの手のクイズに正解したためしがないなぁ。ワザと外してくれてんの？　そんなにワシに気ぃ遣わんといてや」

ボスは口笛でも吹きそうな上機嫌だ。朝からムカつくなぁ。

「正解はな、**常にスケジュールを空けてヒマにしておくことと、手を挙げる**っちゅうこと」

「えっ？　ヒマ、ですか」

「そうや。華僑の稼ぎ方が『世界最強』やって言われる理由は、そのスピード感にある。儲け話が出たらサッと決断して、すぐにビジネス起ち上げよる。思い立ってから行動するまでがめっちゃ早いから、利益もめっちゃあがるわけやな。

もちろんビジネスにはパートナーが必要やから、パートナーにしたい候補者にはすぐ電話して即決する。そういう電話にもし出られへんかったら、『**ああ、こいつは連絡のつき**

にくいヤツなんや』って、二度と電話はかかってけえへん。チャンスを失うわけや」

「厳しい世界なんですね」

「チャンスは本来そういうもんやで。それをつかむためには、チャンスに向かっていつでも動けるように、スケジュールを空けとくことが大切なんや。つまりヒマのある人間こそが、チャンスをつかむことができるっちゅうこっちゃ」

「逆転の発想ですね」

ボスは話を続けた。

「ほな、なんでスケジュールはガラ空きなのに、チャンスをつかめへんヤツがおるんか?

答えは簡単。『まず手を挙げる』っちゅうことをせえへんからや。

どんなヤツにもチャンスは巡ってきてんねん。ところが、自分にできるかなとか、しょうもないこと考えて迷う。せやからチャンスも他のヤツに流れていくっちゅうわけや」

「それ、僕も経験があります」

「ほんまは迷う必要なんかないねん。**手ぇ挙げんかったらチャンスも儲けもない**。そやけど手ぇ挙げてうまいことといったら、めっちゃ儲かるかもしれへんやん」

「だけど、失敗して大赤字になることもありますよね」

「それは誰にもわからんことやで。それにな、もし失敗して赤字になっても、ワシらの世界では失敗やないねん。**失敗は想定外をなくす最高の教材**やからな。なんで失敗したんか、なにをしたら失敗するかの『失敗の方法論』を、身をもって学ぶことができる。

そういう学びを積み重ねていったら、ビジネスで致命傷を負うことがなくなるやろ？　そしたらより大きな、ごっつい儲かるビジネスに挑戦することもできるやん。まずは手ぇ挙げて、数こなすことが大切なんや」

「そうか。**失敗はいい教材**なんだ。僕のこれまでもムダじゃないですね。ちょっとホッとしました」

「そやけど、最初から赤字が出るとわかっとるビジネスに手を出してもエエっちゅう話やないで。ワシらが求めるのはあくまで利益や」

この事務所には大勢の中国人が出入りしている。机は10人分しかないのに、20人、30人と訪ねてくる。そのなかでコピーを取ったり、パソコンの画面を見に行ったりして歩き回っていると、どうしてもぶつかりそうになる。このことを僕はだんだんとストレスに感じはじめた。

ボスなんかは平気で足を踏んでくる。はじめはガマンしていたが、何度目かに「痛いっ！」と思わず叫んでしまった。それでもボスは無視だ。

「足、踏んでますよ」

「ダイちゃんがそこにいたからやろ。ワシは足を踏まされたんやないか」

はあぁ？　と声が出そうなのをかろうじて抑えた。いい大人なんだから、足を踏んだら謝るのが普通ではないのか。僕の顔には不満や怒りがありありと浮かんでいたことだろう。しかしボスはこちらを一瞥《いちべつ》すると、電話をかけて中国語でなにやら話しはじめてしまった。しばらくは気持ちが収まらなかったが、そのうちにふと気づいた。そうか。踏んだ、踏まれたと気にするのは「日本人の常識」なのだ。狭いところにいたらぶつかろうが足を踏まれようがお互い様。それが「華僑の常識」なのだろう。事務所にいる中国人はぶつかっても誰も気にする様子がないし、嫌なら避《よ》けていく。

僕はまた踏みつけようとしてきたボスの足を、スッと避けることに成功した。

事務所に出入りをするようになって、カルチャーショックを受けたことは多かったが、こんな出来事もあった。ある日のこと、出社してパソコンを開こうとすると、すかさずボスが文句を言う。

「ちょっと待て。ダイちゃん、なんでパソコン開くんや」

「そりゃあ、メールのチェックをしようと思うので」

「朝の大事な時間に、なにしとんねんっ。アホか！」

またボスを瞬間湯沸かし器モードにしてしまった。だが僕にはボスの言っていることが全く理解できない。朝一番にメールをチェックするのはビジネスマンとして当然だろう。ボスだって華僑やビジネスの仲間からの情報を何よりも大切にしている。それなのに、どうしてパソコンを開いてはいけないんだ？

「せっかく頭がよう働いとる朝に、メールチェックするアホがどこにおる。**朝は仕事をする時間**やで。**作業なんか午後からで十分や**」

「ええと、仕事と作業とどう違うんですか？」

「ええ大人やのにそんなことも知らんのかいな。**仕事は頭を使うて戦略立てたり、方法を考えたり、どないしたらもっとええようになるかを考えること**や。作業はその逆で、頭を使わんでもできる仕事や。書類作りとかメールチェックやな。

作業も必要やけど、ワシらにとって重要なんは仕事や。それを忘れんときやっ」

なるほど、頭を使うことが仕事なんだな。それなら……と、なにか儲かりそうなアイデアを考えてみようとするが、なかなか思いつかない。ヒントを探してインターネットを見ていると、「アホは考えるな！」とまた怒られた。

「何度も言うとるやろ、アホな頭でなんぼ考えたって、アホな答えしか出ぇへんて。考えとるヒマがあるんやったら、**頭に浮かんだことをとにかく口に出すんや**。もしそれが間違いやったら、誰かが教えてくれるわ。どのへんが間違いなんですかって、その人に訊いたらエエねん。**アホは自分の頭だけやのうて、人の頭も使え**っちゅう話や。

格好つけるんは損やで。自分を晒せば晒すほど、人の頭を使いやすくなるんやから」

華僑が土地鑑のない外国で成果を出すには、何よりもスピードが大切だ。自分の考えをすぐに晒して、間違っていたら指摘してもらって修正する。このスピードによって確かな利益を生んできたのだろう。

「今よりももっと良い状態に」という飽くなき向上心が、彼らの原動力なのだ。ボスを見ているとそのことがよくわかった。

ボスの教え

・金持ちになりたければ、自分に使う金は徹底的にケチれ
・チャンスをつかむには、スケジュールを空けることと、まず手を挙げること
・失敗は最高の教材
・朝は「仕事＝考えること」をする。「作業＝メールチェック、書類作り」は午後に

2　安いだけではモノは売れない

厳しい修業を覚悟して通いはじめたボスの事務所だったが、仕事はそう難しいものではない。実はサラリーマン時代よりよっぽどラクじゃないかと感じはじめていた。

しかし、この日託された仕事には、頭にハテナマークが浮かんだ。

「中国製の靴下をぎょうさん仕入れたから、売ってきて」

靴下？　なんで急に？

「リヤカーは倉庫に置いてあるから」

リヤカーで靴下売り？　状況を飲み込めずに戸惑っている僕を残して、一緒に修業している4人の中国人たちはさっさとリヤカーを取ってきて、靴下の入った段ボール箱を積んでいる。

「なにボーッとしとんねん！　はよ行きや！」

ボスの言葉で我に返り、僕もリヤカーに段ボール箱を積んで街に出た。

出たはいいが、靴下なんて売ったことがないし、行商だって未経験だ。どうやって売ったらいいのか皆目見当がつかない。しかし「自分は優秀な営業マンです」だなんて売り込んで弟子にしてもらった手前、ここは売らないわけにはいかないだろう。

とりあえず人通りの多い交差点の脇にリヤカーを停め、信号待ちの人に声をかけはじめた。

「格安靴下、いかがでしょうかぁ」

声をかけては無視されるたび、元営業マンとしての自信がぐらついていく。掛け声からして売れそうにないのが自分でもわかる。でもこれしか方法が思いつかないのだ。場所を変えながら、道行く人に声をかけ続けたものの、結果は惨敗。2000円しか売れなかった。

そりゃそうだ。一部上場企業の本社が立ち並ぶオフィス街で、「安い」というだけで靴下が売れるわけがない。今回は状況が悪すぎたんだ。

そう自分を慰めながら事務所に戻ってきて驚いた。仲間の中国人たちは数万円を売り上げていたのだ。本国の露天商のように、誰彼かまわず声をかけ、「安いですよ」「買わなきゃ損だよ」と片っ端から売っていったらしい。

「ダイちゃん。売り上げはどない？」

ニヤニヤしながらボスが近づいてきた。

「申し訳ありません。こんなハズじゃなかったんですが……」

「想定外やったか」

「はい」

「まぁだ貧乏神を後生大事にしとるんやなぁ。ま、そしたら次の手いこか」

ボスは全員に向かって言った。

「人はただ、モノを買うんやのうて、そのモノにまつわる『ストーリー』を買うんやで。自分ら、明日からはスーツ着て靴下売るで！」

ボスの立てた戦略はこうだ。スーツ姿でリヤカーを引くことで、「倒産した靴下問屋の従業員が在庫処分のため、路上でせっせと靴下を売っている」というような雰囲気を醸し出す。

「意外と掘り出し物かもしれない」とか、「買うことで応援してあげよう」と思わせることで、購入を促そうというわけだ。僕は修業仲間とのリベンジマッチに闘志を燃やした。

次の日は普段より胸を張って出勤した。やっぱりスーツで仕事するのは性に合っている。今日は〈倒産した靴下問屋の従業員〉になりきって売ってみせるぞ、と意気込んで事務所からリヤカーを引いて出た。

しかし結果は、昨日よりも悪い250円の売り上げ。

「なんや、倒産か？　かわいそうになぁ」

とお情けで買ってくれる人が1人だけいた。

ところが、中国人のみんなは前日よりもさらに売ってきた。

「スーツを着れるまでになったか！」

と、応援してくれる人が増えたというのだ。完敗だ。

「ダイちゃん、今日もアカンかったな。さあ、どうする？」

「どうしたらいいんでしょうか……」

「フンッ、タダで教えるのは癪《しゃく》やけど、今はダイちゃんの成功がワシの儲けになるからな。特別に教えたるわ。なにかしら**ダイちゃんにしかできんことを見つけて、そこから行動を起こしてみること**やな。なんでもええんや」

「僕にしかできないこと……」

その言葉に、ふとひらめくものがあった。そうだ、企業を相手に大口の取引をすれば、大きな結果につながるはずだ。それはＢ to Ｂ（企業間取引）の仕事をしてきた僕の強みを生かすことでもある。

「やってみます」


翌日からは、問屋を回ることにした。幸い、事務所の近くには大きな問屋街がある。法人相手のセールストークなら得意分野だ。これで一気に逆転だ！

会社の受付に行き、とびきりの営業スマイルで丁寧に来意を告げる。

「お忙しいところ恐れいります。私、○×商事の大城と申します。突然ではありますが、格安の商品をご紹介したいと思い、参りました。仕入れのご担当者様はいらっしゃいますでしょうか」

路上で売るよりもなめらかに言葉が出てくる。よし、いいぞ。

しかし、そう簡単に事は運ばなかった。

「アポイントはお取りになられていますか？　ないとお取り次ぎできないのですが」

「申し訳ありませんが、担当者が不在でして……」

受付で断られることが続いた。ひたすら問屋を回るなかで、ときどき担当者と会うことまではできたが、「実績がないと、なんともねぇ」と断られてしまう。

だんだんと僕にもわかってきた。有数の問屋街ということは、一流どころが集まっているということだ。上場企業も多い。そうした**大手が求めているのは、値段よりも信用だった**。靴下を売りはじめたばかりの僕には、その信用がなかった。


問屋回りという新たな道を思いついたものの、結局本日の売り上げはゼロ。重たいリヤカーを引いて、とぼとぼと事務所に戻った。

「ダイちゃんはこれからどないするつもりや」

「まずは顔と名前を覚えてもらうまで、毎日でも行きますよ」

ボスはハーッ、と大きくため息をついた。

「全っ然わかってへんなぁ。『顔と名前を覚えてもらって売る』ちゅうのは日本人のやり方や。顔と名前なんて、なんぼ覚えてもろたところでちっとも売れへんわ。うちなんて吹けば飛ぶような会社なんやから。そんなことより、『**オモロいことをやる会社やね**』て思

わせるほうがよっぽどええんとちゃう」

「面白いこと……。提案力ってことですか」

「売るところやって問屋以外にもやり方があるんとちゃうの？」

実はちょっと気になっていることがあった。この界隈《かいわい》にあるドラッグストアは、都心にしては大型店舗が多く、品揃えもいい。ストッキングを扱っているのを見かけたから、靴下も置いてもらえるかもしれない。

いや、どうせ小売業にセールスするならドラッグストアに絞ることもない。24時間営業で有名なディスカウントストアにもアタックしてみよう。一度アイデアが浮かぶとやってみたいことが次々出てきた。家に帰ってから近隣の小売業をリストアップし、アピールポイントについて考える。深夜、ようやくベッドに入ったが、期待と興奮で、僕はなかなか寝付くことができなかった。

翌日、事務所近くの大手ディスカウントストアを覗いてみると、靴下4足セットが1000円で売っている。品出しをしているスタッフをつかまえて、仕入れの件でご提案があると言うと、運よく店長に取り次いでもらうことができた。

「うちは中国の工場直結だから、1足30円で出せます。4足で120円。店頭価格を250円にしても50％以上の粗利が出ますよ」

するとどうだろう。トントン拍子に話が進み、地区ブロック長によばれたかと思ったら、次には本社のアパレル本部へとつないでもらうことができた。

とはいえ、アパレルの商談は僕にとって初めてだ。糸の「番手（糸の太さの単位）」やら、単語すらわからない。そのとき、ボスの**〈アホは人の頭も使えっちゅう話や〉**という教えが脳裏をよぎった。

商談の席では靴下の色や厚さなど、先方が求める細かな要望を訊いてメモを取り、事務所に戻ってボスに訊いたり調べたりして情報を整理し、先方に返す。これを繰り返すうちに、なんとか商談がまとまっていった。

「試しにまずは40フィートのコンテナでお願いしましょう」

大型店舗で商品を展開し、それがうまくいけば、全店での取引を考えてくれるという。

頭のなかで計算機をたたく。1年を通して納入することができれば、何千万、いや、億を超す取引になるかもしれないぞ。よっしゃー!!

ボスの教え

・人はモノにまつわるストーリーを買っている
・顔と名前を売るより「オモロいことをやる会社」だと思わせる

3　金持ちになる金の使い方をせよ

意気揚々と事務所に戻った僕だったが、本当の試練はここからだった。

「ほんならダイちゃん、すぐ上海に行ってきてや」

「へ？　上海ですか？」

「ワシの知り合いがやってる工場に行って、靴下を選別してきて」

「いやいや、無理ですよ。僕は上海語が全くわかりません。あと靴下の良し悪しなんて見分けつかないですし」

「大丈夫や。先方には話つけてある。ここにいい品と悪い品があるから感触を覚えるんや」

「工場までたどりつける自信がないです。ボスも一緒に行ってくださいよ」

「何、子どもみたいなこと言うとんねん。行き方はここに書いといたから、わからんかっ

郵 便 は が き

料金受取人払郵便

代々木局承認

6948

差出有効期間
2020年11月9日
まで

1 5 1 8 7 9 0

203

東京都渋谷区千駄ヶ谷 4-9-7

(株) 幻 冬 舎

書籍編集部宛

1518790203

ご住所 〒 都・道 府・県	
	フリガナ お名前
メール	

インターネットでも回答を受け付けております
http://www.gentosha.co.jp/e/

裏面のご感想を広告等、書籍の PR に使わせていただく場合がございます。

幻冬舎より、著者に関する新しいお知らせ・小社および関連会社、広告主からのご案内を送付することがあります。不要の場合は右の欄にレ印をご記入ください。

不要 □

本書をお買い上げいただき、誠にありがとうございました。
質問にお答えいただけたら幸いです。

◎ご購入いただいた本のタイトルをご記入ください。

『　　　　　　　　　　　　　　　　　　　　　　　　』

★著者へのメッセージ、または本書のご感想をお書きください。

●本書をお求めになった動機は？
①著者が好きだから　②タイトルにひかれて　③テーマにひかれて
④カバーにひかれて　⑤帯のコピーにひかれて　⑥新聞で見て
⑦インターネットで知って　⑧売れてるから／話題だから
⑨役に立ちそうだから

生年月日	西暦　　　年　　月　　日（　　歳）男・女			
ご職業	①学生	②教員・研究職	③公務員	④農林漁業
	⑤専門・技術職	⑥自由業	⑦自営業	⑧会社役員
	⑨会社員	⑩専業主夫・主婦	⑪パート・アルバイト	
	⑫無職	⑬その他（　　　　　　）		

このハガキは差出有効期間を過ぎても料金受取人払でお送りいただけます。

ご記入いただきました個人情報については、許可なく他の目的で使用することはありません。ご協力ありがとうございました。

たら、周りの人にこれ見せて訊いたらええ。はよ行かな、納品に間に合わへんで」

こうして僕は追い出されるようにして、翌日から6泊7日、上海へと飛ぶ羽目になった。

約3時間のフライトを終えて空港に降り立つと、不安はピークに達した。

「言葉が全然わからない……」

ボスの事務所にいるうちに、僕は中国語をだんだん理解できるようになってきていた。ただし、事務所にいる中国人は出身地がバラバラなため、普通話《プートンファ》という標準語を使っている。そして丁寧に、ゆっくり話してくれるので僕でもなんとか理解できるのだ。

しかし上海語は普通話とは使う単語が違うし、地元の人は早口なので何を言っているのか見当がつかない。空港から工場までバスがあるという話だが、どれに乗っていいのかさえわからないのだ。

やっとのことでバスロータリーを見つけ、それらしいバスの運転手にボスに渡された紙を見せたが、「フン」と鼻を鳴らすだけ。首を横に振ってはいないから、これでいいってことなのか？

確証は得られなかったが後ろの人に押されるようにしてそのまま乗ってしまった。

イチかバチか、祈るような気持ちでバスに揺られること4時間。聞いていた停留所になんとか着くことができたときには、時刻はすでに夕方の4時を回っていた。もうすっかり疲労困憊《こんぱい》、ビールを飲んでホテルで休みたい気持ちが押し寄せてくる。

だがわずか1週間足らずで40フィートのコンテナをいっぱいにするだけの商品を仕分けなければならない。

40フィートというと、17畳の部屋ほどの容積になるだろうか。寝てるヒマなんてない。シャワーも浴びず、仕分けの手を止めずにパンをかじるだけの食事。思った以上の過酷な重労働だった。

なんとか帰りの飛行機までに仕分け作業をすませて、ヘロヘロになった体を抱えて日本に戻った。

そんな僕に追い討ちをかけるように、苦難はまだ待っていた。

「ボス、靴下の納品なんですが、ディスカウントストアの物流センターへの納品ではなく、各店舗に配送しなければならないことが判明して……。配送料はこちら持ちです」

「それで利益は出るんかいな」

「赤字もいいところです」

「そら、なんぼアホのダイちゃんでもそんなんアカンちゅうことくらいわかるやんな。ほんならなんとかせな」

そう言われても、融通をきかせてくれるような運送会社の知り合いに心当たりはない。それでも、知り合いの伝手《つて》を頼って運送会社を紹介してもらい、土下座までして価格を下げてくれるよう交渉した。


こうした苦労の甲斐あって、納入した靴下の売れ行きは好調、大型店舗に続いてすべての店舗で取り扱ってもらえることになった。**年間での売上額は、しめて3億円近く**。リヤカーで販売していたときには想像もつかなかった額だ!

さらに、大手ディスカウントストアへの納入という実績ができたことで、他の問屋さんにも信用してもらうことができた。

売り上げた額よりも嬉しかったのは、**「仕事をしている」という手応えを味わえた**ことだ。

サラリーマン時代の仕事は、仕入れ先も配送先もすでに決まっていた。いきなり上海に飛ぶことも、土下座してお願いして回ることもなかった。顧客に対して、自分の権限の範囲で価格交渉する。話がまとまれば発注書を出す。それが僕の役割だった。

でもそれは、ボスが言う意味での「仕事」ではなかった。会社のルールに従って「作業」をしていただけだったのだ。今回の経験を通して、僕はようやく「仕事」への第一歩を踏み出せた気がした。


それからしばらくして、今回のお祝いにボスが一席もうけてくれることになった。場所は事務所からほど近い中華料理店だという。華僑が選ぶ中華料理店はどんなところか、興味津々でボスについていったが、着いたのは意外にもなんの変哲もない、いわゆる「町の中華屋」だった。

「よお、ワンさん」

ボスは厨房で中華鍋を振っている大柄な男性に声をかけると、案内もされないのにすたすたと地下へと続く階段を下りていく。後に続いて階段を下りると、驚いた。そこは1階とはまるで違う、高級感あふれる空間だったのだ。

1階からは想像もできない広い空間で、床にはふかふかの絨毯《じゅうたん》が敷き詰められ、見るからに高価そうな調度品が置かれている。華僑の隠れ家的お店はこういうところにあるのか。

恐る恐る円卓に座ると、地下の専属らしいチャイナドレスの女性が温かいおしぼりを渡してくれる。ボスは白酒《パイチュウ》、酒をやめている僕はアイスジャスミン茶で祝杯をあげた。

「ダイちゃん、今回はようがんばったな。お疲れさん」

「ありがとうございます。ボスにご助言いただいてなかったら、ここまでできませんでした」

「それはそのとおりやけどな。ダメダメなダイちゃんにしてはようやったんちゃう」

ボスはイヒヒと嬉しそうに白酒をあおる。

「まあ、おかげでワシも儲かったけどな。双方両得や。けどな、ここからが本番や。ホンマに金持ちになりたいんやったら、勉強せなあかんことはぎょうさんあるで。

まずは**人脈の作り方**やな。**人との出会いは宝物みたいなもんや**。どう生かすかで、これからの人生が変わってくる」

円卓には次々とご馳走が運ばれてくる。それをまるで吸い込むような勢いで食べるボスを見ながら、僕は答えた。

「ぜひ勉強したいです」

うかうかしていると自分の分がなくなりそうだ。僕も必死にご馳走をかきこんだ。

「ダイちゃんは、人脈作りってなんかやってんの？」

「そうですねぇ。異業種交流会みたいなものに参加したことはあるんですが、名刺交換をしただけで。その後、特につながりはできませんでした」

「ああいうパーティーに行って１００枚、２００枚て名刺交換するんは確かに達成感あるわな。そやけど、その名刺が生きてこんかったら意味ないで」

「本当に、おっしゃるとおりですね」

「ホンマに人脈作りたいんやったら、１００人との名刺交換に汗流すより、人脈が豊富な３人とコミュニケーションを深めるんや。そしたら自分の人脈が少なくても、『大城太っちゅうオモロいヤツがおんねん』て紹介してもらえるやろ。なにも**自分が直接人脈を持っとく必要はないねん**」

「なるほど。でも人脈が豊富な人って、どうやって見つけたらいいんでしょう？」

「〈生きた人脈〉のために、常日頃から金や時間を使《つこ》てる人。そういう人を見つけて仲良うなることや。

　じゃあどうやって仲良うなるかいうたら、相手に得をさせることや。それも一度や二度やなく、**繰り返し得させるんや**。ほんなら相手には『こいつとつきおうとったら、必ず得がある』ちゅう気持ちが生まれてくる。自然と相手はダイちゃんを大切にしてくれるようになるっちゅうわけや」

ボスはフカヒレの姿煮を吸い込み終わり、白酒を飲むと、話を続けた。

「つまり、相手に得をさせるいうんは、相手に『貸しを作る』ってことでもあるんやな。ただし人間、自分と同等の相手には貸しを作れるけど、自分より上の立場の人に貸しを作るいうんはごっつ難しい。そんなときは作戦その2。**『借りを作る』ことを目指すんや**」

「借りを作っちゃっていいんですか？」

「借りたもんは返す。誰でもそうするやろ。ちゅうことは借りを作ったら、『借りたので返しに来ました』って相手に会う口実ができるやん。金を借りる、人手を借りる、物品を借りる。そうやって**借りて、返す機会ができたらできるほど、相手との仲を深めることもできる**っちゅうわけや」

僕は急いで鞄からノートを引っ張り出し、今学んだことを書き込んだ。

麻婆豆腐は花椒《ホアジャオ》が効いていてしびれる辛さだ。ゴホゴホと咳が出てくる。

中国人は全然平気なんだろうか、とふと見ると、ボスも顔を真っ赤にし、涙目になっていた。

「泣くほど辛いのに、毎回頼んでしまうワシはアホなんやろか」

中国人だからってみんながみんな、辛さに強いわけじゃないんだな。僕はまたひとつ、華僑についての知見を得た。

続いてやってきた杏仁豆腐を急いで口に放り込んだボスは、ようやく口のなかが落ち着いたようで、また話しはじめた。

「そや、金の使い方についても話しとこか。ワシら華僑はな、『稼ぐこと』と『使うこと』をセットで考える。金持ちになるためには**稼ぐことも大事やけど、どう使うかがめっちゃ大事**やねん」

「どう使うか？　『お金持ちになる使い方』と『そうでない使い方』があるってことですか」

「そうや。そこを間違えたらなんぼ稼いでも金は消えていくだけや。ほな金はどう使たらええんか。それは、『想定外をなくすための投資』に使うこと。簡単に言うたら、それが金持ちになる使い方や」

「株とかFXですか」

「それも投資やけど、今言うたんはもっと広い意味での投資や。仲間の事業に金出すんも投資やし、自分の会社に人を雇うんも投資や。**金をもたらしてくれるもんに対する金は、ケチったらアカン**。なかでもケチったらアカンのは人づきあいにまつわる金や。あれ見てみぃ」

ボスは近くの卓に目をやるように、視線で合図する。

華僑らしき中国人のグループが、食事を終えこれから会計という段階らしく、「じゃあ、ここは私が」「いやいや、ここは私が」「なにを言うんですか、私に払わせてくださいよ」「そんなこと言わずに、私が誘ったんですから」「そしたら、次行く店は私におごらせてください」と、全員で誰がおごるかの言い合いになっている。まるでおごり合戦だ。

「なんであそこまでしておごり合うと思う？　**おごることで相手との関係が次につながる**からや。おごりおごられることで、仲良うなりたい相手と自然に距離を縮められるやろ。

それにな、ワシらはおごったとき、その金は消えるんやのうて、相手の財布のなかに入ったと考える。自分の財布から別の銀行口座に入れたようなもんやな。せやから自分の財布に金がないときは、自分がおごった人の財布を使うことができる。それがワシらの間の共通認識や。

つまり、**金は使うんやけど、なくならへんのや**。ワシらなりの蓄財術みたいなもんやな」

「面白い考え方ですね」

「その代わり、自分に使う金は徹底的にケチる。単なる消費やからな」

僕は電気ポットのプラグを事務所のコンセントに挿そうとして、怒られたときのことを思い出した。あのときのボス、真剣に怒ってたもんなぁ。

「華僑はモノを買う基準、買わない基準を持っとるんや。まず**ビジネスがらみのモノは、迷ったら絶対に買う**。たとえば仕事に必要な道具とかやな。

だいぶくたびれて使いにくくなったから買い換えたい。でも値段はけっこうする。さあ、どないしよか？　こんなときワシらは絶対に買う。それで仕事に集中できて効率が上がったら、リターンとして返ってくるからな」

「仕事に関係ないものの場合は、どうなんでしょう？」

「**嗜好品は1回でも迷ったら絶対にやめる**、ちゅうのが華僑流の考え方や。仕事に関係ないことで、買おうかなやめよかなって、悩む時間がもったいない」

「なんでも即断即決なんですね」

「その時間を使て仕事するか、仲間とメシ食うてたほうがエエやん。そや、もう1個言うとこ。**金を使うときは、人脈作りのチャンス**でもあるんやで」

「どういうことですか？」

「ワシはなにを買うんでも、知り合いの店で買うと決めとる。知り合いが誰もそれを扱《あつか》うてなかったら、知り合いの知り合いに扱うてる人がおらんか探して、紹介してもらうんや」

「そこまでして？　ネットで最安値の店を検索したほうが安上がりなのに」

「誰々さんの紹介で来たんやって店で言うたら、紹介してくれた人のメンツが立つやろ。それに一見《いちげん》の客より丁重にもてなしてくれるし。紹介してくれた知り合いの知り合いとも仲良うなって、また人脈が手に入るし、一石何鳥にもなるやん」

お金や人脈に対する華僑の考え方は、日本人とは大きく違っていて面白い。こういう考え方を当たり前にできるようになれば、きっと人生は大きく変わるはずだ。僕は夢中になってメモを取り続けた。

ボスの教え

・100人との名刺交換より、人脈豊富な3人とつながれ
・とにかく相手に得をさせせろ。立場が上の人には「借り」を作れ
・お金は「想定外をなくすための投資」に使う
・人づきあいにまつわるお金はケチるな

4 200円のリンゴを6個6000円で売る方法

「リンゴやリンゴ。高級リンゴを片っ端から買い集めてんか。中国で売りまくるでぇ！」

事務所では今日もボスの檄《げき》が飛ぶ。

中国の富裕層の間では日本の高級リンゴが贈答品として注目を浴びつつある。そんな情報をつかんだボスが、真っ先に売れとばかりに動きはじめたのだ。仕入れを担当するのはもちろん僕だ。

「青森など名産地のリンゴ農家と交渉しました。1個200円くらいで取引できそうです」

「よっしゃ。ほな、それを桐箱に詰めて売ろう。売れるでぇこれは！」

こうして、1個200円ほどのリンゴが、中国で1箱6個入り6000円で大売れした。仕入れても仕入れても売り切れて、ついにはスーパーで仕入れて売る事態にまでなった。

「ボス。１個２００円のリンゴが、どうして６個６０００円でこんなに売れるんでしょう?」

「それがビジネスの面白いところやなぁ」

「僕らは桐箱入りにしただけなのに、こんなに売れるなんて不思議です」

「桐箱に入れて高級感を出したんは、**高う売るための付加価値付けや**」

そういえばボスは以前、「安う買うて、高う売る。それがビジネスの基本や」と言っていた。

「でもそれだけで１個２００円のリンゴが大化けしたりせえへん。ほななんで、リンゴは６個６０００円で売れたか」

「それは、中国本土で売ったから……」

「つまり?」

中国の富裕層の購買力が高いからか?　でももっと本質的なことをボスは言おうとしているように思える。僕らは日本でリンゴを１個２００円で買って、中国で６個６０００円で売った。日本と中国……そうか!

「仕入れる場所と販売する場所が変わったから、**需要と供給のバランスが変わったん**ですね。だから6000円で売れた！」

「ダイちゃん、ビジネスのことちいとはわかるようになってきたやん。需要と供給のバランスが変われば値段が変わる。安う買うて、高う売ることが可能になってくるんや。

ワシらのビジネスはそういう商品を見つけて売ったり、高う買うてくれる相手を見つけたりすることで成り立ってる。ちなみに日本の食品は中国でも人気があってな、なかでも駄菓子の人気はダントツや」

「口コミが広がって急に注目を浴びた商品なんかも狙い目かもしれませんね」

「それこそスピード勝負やな。孔子さんの論語にもこう書いてあんねんで」

ボスはいつものようにノートを奪い取ると、こう書いてきた。

敏則有功

「敏《びん》なればすなわち功《こう》あり。**俊敏に動けば必ず成果があがる**っちゅうことやな。ダイちゃんも気になった情報あったら言うてや」

ビジネスの面白さに日々気づかされ、ますます僕はボスの事務所での仕事にのめり込んでいった。

僕の中国語はだんだん上達していったが、だんだんどころか一気に上達せざるを得ない事態に放り込まれた。債権回収の仕事である。

「貸したお金を回収できない」という貸主の依頼を受けて、借主のところに取り立てに行くのだ。法定金利より高い利率を支払っていた過払い金の回収に行くこともある。交渉相手は日本人もいれば中国人もいる。

普通にサラリーマンとして生きてきた僕が、一筋縄ではいかない強面《こわもて》の男たちと交渉するという世にも恐ろしい仕事を任されてしまった。とても一人で乗り込む勇気はないので、事務所で腕っ節の強そうな中国人留学生を何人か見繕い、頼み込んで一緒に来てもらうことにした。

「いやぁ、そうおっしゃられてもですね。こちらの依頼主もお困りなんですよ」

ゴネる借主に対して交渉する僕。後ろで留学生たちがなにやら小声で話しはじめている。何を話しているか気になるものの、今は問いただしているヒマはない。なにしろ相手は強面で、僕らより人数も多いのだから。

「ですからお支払いしていただかないと」

やがて、男のうちの一人が口を開いた。

「アンタ、その前に後ろを見たほうがエエんとちゃうかな」

「えっ？」

相手を警戒しながら振り返る。すると、連れてきた留学生がサーッといなくなろうとしているではないか。

「おい、ちょっと！　どこ行くんだ！」

「あーあ、みんな逃げてしもたねぇ。アンタはどないすんねん？」

ここぞとばかりにすごんでくる強面の男たち。

「ちょ、ちょ、ちょっと待ってください！……あの、上の者に電話していいですか？」

ゲラゲラ笑われても背に腹は替えられない。ボスに電話すると、電話の向こうでも笑われた。

「ダイちゃん、エエ具合にビビッとるなぁ」

「そりゃビビるでしょう！」

と小声で返す。

「大丈夫やて、相手はなんもせえへん。ダイちゃんに何かしたら向こうが捕まるよってな」

ボスはそう言うが、殴られたり刺されたりしない保証はどこにもないじゃないか！　とにかく出直すことを相手に伝えて、命からがら事務所へと逃げ帰った。

こんなことを繰り返してだんだんと学んだことは、ケンカをしに行くわけではないので、腕っ節の強そうなヤツではなく、頭が切れる学生を連れていったほうがいいということだ。日本の国立大学や有名私立大学に留学している中国人は本当に頭が切れる。大きな声で怒鳴られても動じず、冷静な声で「怖いから怒鳴らないで」といなしながら、相手を論破していくことができる。

本質を見極めることができれば、ムダに怖がることもない。少しずつではあるが決着の付け方や、対処の仕方が身についていった。

実際、ボスが言うように相手が暴力を振るうことはなかった。相手もビジネスなのだ。力対力の戦いに持ち込むと、双方メンツがあるので、とことんまでやることになってしまう。それは極力避けたいというのが相手の本音だ。それを留学生たちはよく理解していた。

極度の緊張感がただよう交渉の場を経験し、否応なしに中国語が身についていった。

債権回収は、とにかく根気勝負の仕事だ。何時間でも相手の元で話し合い、そのまま夜が明け、帰宅は翌日になることも少なくない。

そんな日が続くと夫婦仲がこじれてしまう家庭もあると聞いていたが、我が家は大丈夫だった。その理由のひとつは、どんなに忙しくても夫婦の時間、家族との時間をしっかりとっていたからだろう。

これもボスの教えだった。**華僑は何よりも家族を大切にする**。土日もなく忙しく働いていても、授業参観や家族との旅行などは必ず行け、と言われていた。平日でも、あらかじめ伝えておけば休みが取れた。

時間があれば家族とじっくり話をする。これが今では我が家の当たり前になっていたので、普段はなかなか会えなくても、妻や息子たちはいろいろと楽しそうに報告や相談をしてくれた。

こうして、濃密な1年が終わりに近づこうとしていた。

ボスの教え

・需要と供給のバランスが変われば値段も変わる
・どんなに忙しくても家族との時間は最優先せよ

波瀾万丈の起業篇

1　事業は1人で興すな

「ダイちゃん、もうすぐ約束の1年になるなぁ。この後はどうすんの？」

いつものお茶の時間に、月餅《げっぺい》をかじりながらボスが声をかけてきた。

「独り立ちして会社を興そうと思っています」

「おっ、ついに決めたんか。で、具体的には何するつもりなん？」

「医療機器の販売会社をやろうと思うんです。僕はもともと勤めていた歯科業界のことしか知らないですし」

「エエやん、めっちゃエエやん。ワシも賛成や」

「あ、ありがとうございます」

ボスには「アホか」と言われることに慣れているので、この反応には驚いた。こんなふうに手放しで喜ばれるなんて少しは僕も成長したんだなぁ。

「なんでワシが賛成したかわかるか」

来た！　ボスのクイズ攻撃。医療機器の市場が伸びているから、じゃないんだろうな、きっと。

「僕がよく知っている業界だから、でしょうか」

「ピンポンピンポーン。**自分がよう知ってることで起業するのが一番や**。付加価値の問題やな。お客さんからの問い合わせ一つとっても、業界のことを知ってるヤツとそうでないヤツが対応するんでは、受け答えも変わってくるやろ」

「確かにお客さんの言っていることがわからずに、トンチンカンな対応をしてたら商売にならないですね」

「知識がぎょうさんあったら、コミュニケーションもスムーズに行くやろし、アイデアもわいてくる。ちゅうことは、工夫次第で商品を高う売ることが可能や。そしたらどうなる？」

「売り上げから原価を引いた粗利が増えます」

ボスは口の周りに月餅のくずをつけたまま、ニヤリと笑った。

「つまり**粗利は、自分の持ってる知識による付加価値から生まれる**んやな。付加価値をプラスでけへんかったら原価で売るしかない」

「下手したら、原価以下で叩き売りをするハメになることもあるでしょうね」

「せやからワシらの世界には『**知らんことはやるな**』っちゅう鉄則があるんや。その点、ダイちゃんの考えとる事業は起業の王道をいっとる。エエんちゃうか」

「ありがとうございます。ただ開業資金が足りなくて。しばらく別の仕事をして貯めようかと思っています」

「はぁ？」

飲みかけたお茶を吹き出しそうになりながらボスが言う。

「アカンアカン、やっぱりダイちゃんはアホのまんまやな。**事業すんのに自分の金使うんかいな？**　ビジネスはスピードが勝負やで。そんなもん、**金出してくれる人をすぐ探さんかい**。それからな、そのビジネスは誰にやらせせんねん？　まさか『金がないから1人ではじめよう』なんて思とるんやないやろな」

「すみません。そのとおりです」

ボスは憐《あわ》れみの浮かんだ顔でため息をつくと、子どもを諭すような口調になった。

「ええわ、アホにもわかるように話すから耳の穴かっぽじってよーう聞いときや。ワシらが事業を興すときは、『金を出す人』『アイデアを出す人』『作業をする人』をまず決める。もし決まらん場合は、そのビジネスには手ぇ出さへん。なんでやと思う？」

ボスは僕に問いかけたが、答えを待たずに話しはじめた。

「**金、アイデア、作業。どれが欠けてもビジネスを成功させるんは難しい**からや。アイデアがあっても金がなかったら、絵に描いた餅に終わってまう。金があってもアイデアがなかったら、その金は使い道がない。アイデアと金があっても、作業をすることなしに事業は前に進まへん」

「僕はその三つの役割を1人でやろうとしていたわけですね」

「そういうこっちゃ。まあ日本人には多いんやけどな、自分が考えたビジネスプランと自己資金で起業して、最初のうちは実務作業もやるっちゅうヤツ。ワシらから言わせたら成功を遠ざける最悪のパターンやで」

「僕も最悪になるところでした」

「事業は1人でやるな。これは絶対守らなあかん鉄則や。**役割を兼ねるのもアカン**。三者が各々の役割に徹してこそ、事業っちゅうのは成功するねんで。ダイちゃんは『アイデアを出す人』なんやから、ビジネスプランを考えることに徹したほうがええ。『お金を出す人』と『作業をする人』を探すんや」

僕は、考えた末、両親の故郷である沖縄に飛んだ。沖縄には兄をはじめ親戚一同が住んでいる。

最初に訪ねたのは兄のところだ。

「ダイ、元気だったか」

久しぶりの再会を兄は喜び、笑顔で迎えてくれた。義姉《ねえ》さんが心づくしのご馳走を用意してくれる。しばらくはお互いの家族の話や親戚の近況を話した後、意を決して本題を切り出した。

「実は今度、独立して会社を作ることにしたんだ」

「そうなのか。どんな仕事をするつもりなんだ？」

「僕が前に医療機器の販売会社で働いていたのは兄ちゃんも知ってるだろう。そのときの経験を活かして歯医者さんにあるイス、デンタルユニットっていうんだけど、その販売をやろうと思ってるんだ。それで相談なんだけど、兄ちゃん、僕の会社に出資してもらえないか」

兄は何も言わず、僕の話を聞いている。

「普通、デンタルユニットの販売価格は1セット300万円から400万円ほどするんだけど、実は仕入れ値は100万そこそこなんだ。販売にかかる費用をギリギリまで削れば150万円で売れる。他社で買うより50％以上安いから、これなら飛ぶように売れると踏んでる」

「だけど、利益が少ないということは、手元に残るお金もわずかなもんだろう。そんなのでやっていけるのか」

「まずは数多く売って実績を作ろうと思ってる。それができれば、医療機器のメーカーともっとよい条件で取引できるようになるし、利益もあがってくるはずだ。事業がスタートしたら月次報告書を作って、何にいくら使ったかきちんと報告する。だから、助けてもらえないか」

兄はまたしばらく黙り込んだ。いきなり出資してくれなんて言われて、すぐに答えが出せないのは当たり前だ。だが兄の決断は意外にも早かった。

「わかった。お前の思うようにやってみろ」

急に訪ねてきて「お金を貸してくれ」だなんて、怒って追い返されても当然だと思っていたので、兄の言葉に呆気にとられてしまった。

「兄ちゃん、本気か？」

「おいおい、お前が頼んできたんだろう。その商売がうまくいきそうなのかどうか、はっきり言ってわからん。が、商売を成功させたいというお前の強い思いだけは伝わってきた。その気持ちがあればどうにかなるだろう。応援するから、がんばってみろ」

「あ……ありがとう。ありがとうございます！」


兄から出資の約束を取りつけた後、僕は親戚の家を一軒ずつ訪れた。ありがたいことに沖縄には助け合いの精神が根付いている。つましい暮らしながら５０００円を出資してくれた人もいたし、地元で成功しているいとこは兄と同じく数百万円も出資してくれた。こうして僕はみんなの出資により、資本金１０００万円の会社を立ち上げる目処《めど》がついた。

残るは「作業する人」の確保だ。うちで働いてくれるという中国人の若者を、えり好みをせず、とにかくアルバイトとして１人雇うことにした。

さっそくボスに報告に行った。

「出資金が集まり、作業する人もアルバイトで確保しました！」

「となると、次は事務所の物件探しやな」

「はい。実はもう目星はつけてあるんです。デンタルユニットの実物を見せるショールームも作りたいので、広めで築年数が浅いきれいな物件を見つけました。そこに決めようかと」

「おうおうダイちゃん、会社が動き出す前からいきなり失敗に向かって舵切っとるでぇ。まだ一銭も稼いどらんのにそんな贅沢《ぜいたく》してどないすんねん。前にも言うたやろ。**金を生むことに直結するもん以外は徹底的に節約や**。事務所なんかワンルームで十分や」

「でも、あんまりボロくて狭い事務所では信用してもらえないんじゃないでしょうか？」

「そやけどダイちゃんはこの事務所を見ても、ワシに弟子入りを志願したんちゃうんか」

そうだった。そういえばこの事務所は応接コーナーこそ中国の武将像が睨みを利かせていて飾り気があるが、それ以外は簡素そのもの。事務用品も100円ショップで揃えていた。兄たちに出資してもらったお金があるとはいえ、無駄な使い方をすればすぐになくなってしまう。ここはボスのアドバイスに従って、ワンルームにしよう。

都心から少し離れたエリアに、ショールーム兼事務所としてマンションの一室を借りた。いよいよ船出だ。ワンルームなのでデンタルユニットを1台置くだけで手狭になる。それでも、初めて手に入れた僕の城だ。嬉しさが込み上げ、「ようし、歯科業界に流通革命を起こすぞ！」とバイト君と2人で気炎を上げた。

ボスの教え

- **事業は自分がよく知っている分野で興せ**
- **「アイデアを出す人」「お金を出す人」「作業をする人」はそれぞれ別の人にすべき**

2　まずはお客さんに得をさせよ

過去にデンタルユニットを販売していた経験があるので、ショールームにお客さんが来てさえくれれば、得意の営業トークで売り込む自信はある。問題はどうやって来社してもらうかだ。

そこで、マーケティングの方法をいろいろと試すことを思いついた。ダイレクトメール（DM）や、チラシのポスティングをはじめ、お客さんを集める手段はいろいろある。まずは手当たり次第にこれらの方法を試してみて、費用対効果や時間対効果を検証することにした。

その結果、デンタルユニットを販売するうえで一番早く効果が出て、コスト面でも安いのはファックスDMだということがわかった。

しかし、ただファックスDMを流すだけでは他社と同じだ。何かもうひとつ強い起爆剤はないだろうか。**お客さんに先に得をさせることで、ショールームまで足を運ばせる何か。**

バイトの李がお使いから帰ってきた。

「ただいま戻りました」

「お疲れ様」

「ファックスDMの反応がいいですね。もうこんなに返ってきてますよ」

僕にファックスを渡し、それから自分の席でケータイをいじりはじめた。

「それにしても、李はケータイ好きなんだねえ」

「ケータイっていうか、WEBが好きなんですよ」

「そうなんだ」

待てよ。WEB？　僕がお客さん集めに頭を悩ませているように、お客さんである歯科医だって患者さん集めに苦労しているはずだ。

「もしかして、ケータイサイトなんて作れちゃったりする？」

「ええ、簡単なものなら」

「それだ！」

僕はDMに「来社してくださった方には、無料で貴医院のケータイサイトを作成します」と載せ、ファックスで一斉送信した。

目論見《もくろみ》は大当たり！　次から次へとお客さんが来社してくれた。ケータイサイトを持ちたいが業者に頼むのも面倒だ、と思っていた歯科医は予想以上に多かったようだ。

来社さえしてもらえばこっちのもの。得意のセールストークでデンタルユニットが面白いように売れていった。

起業してからの僕らは猛烈といっていいほど働いた。土日以外は会社に寝泊まりし、僕は見込み客の確保に、李はそれ以外の作業に明けくれた。

気づけば起業してからあっという間に3ヶ月。独自のやり方で売り伸ばした販売実績が評価され、僕の会社は新興メーカーの代理店の座を勝ち取った。それによって取引条件がよくなり、当初は低かった利益率も徐々に改善されてきた。

ある金曜日の夜、僕は久しぶりに帰った自宅のリビングで、兄たち出資者に送る月次報告書をパソコンで作成していた。支出が続いた数ヶ月だったが、ここにきて売り上げも増えてきた。とはいえ悩みがないわけではない。

そのひとつが資金繰りだった。

商品を売った代金でまた商品を仕入れる、というサイクルでずっとお金が回っていくとしたら、なんの問題もない。しかし、売上金の回収より先に、仕入代金の支払い日が来てしまったら、支払うお金がない状態になってしまう。いわゆる資金ショートだ。当座の支払いは出資金でなんとか賄《まかな》えるが、いつまでも使える手ではないだろう。

資金繰りの悪化を防ぐためには、商品代金はお客さんに先に払ってもらい、メーカーへの支払いは後にできればいいのだが……。

仕入代金の後払いをメーカーに納得してもらうためのアイデア、なにかないだろうか？

「──ねえ、話聞いてる？」

資金繰りについて考えていて、隣に座っていたユキが話しかけてきたのに気づかなかった。

「あっ、ごめん。ちょっと考えごとしてた」

「仕事が一段落したら、レンタルしてきた映画でも観ない？」

ユキは「泣ける」と話題になっているヒューマン・ドラマのＤＶＤを僕に差し出した。

「映画か、いいね」

僕はもともと超がつくほどの映画好きで、これまでの人生で金額にして500万円分くらいの映画は観てきている。

「このところずっと仕事ばかりで、好きな映画も観てなかったでしょ。たまには気分転換にいいいんじゃないかと思って」

ユキの心遣いに気持ちがホッとなごんだ。早く仕事を終わらせて、レンタルしてきてくれた映画を観よう。

——ちょっと待った。レンタル？　そうか、**メーカーから商品を借りてショールームに置く**というのはどうだろう。そして実際に売れたら代金をメーカーに支払う。

そして**現金で先払いしてくれたお客さんには「早割」サービスとして値引きに応じる**ことにしよう。医院にとっては購入費用をおさえられるし、僕にとっては会社の資金繰りが盤石になる。さっそく来週、ファックスDMで告知しなくては！

「映画を借りてきてくれてありがとう！　おかげで資金繰りもなんとかなりそうだ」

「ええっ？　よくわかんないけど、役に立てたならよかったよ」

こうして資金繰りの問題についても乗り越えることができた。次に僕が手をつけることにしたのは、**作業のルール化・マニュアル化**だ。

ボスは「仕事」と「作業」を明確に分けていた。「作業」はルールどおりやれば誰でもできること。「仕事」は戦略を立てたり、アイデアを練ったり、業務の改善について考えること。社長がやるのは当然「仕事」だ。マニュアルを考えるのも「仕事」の一部である。

といっても僕自身がマニュアルを作るのではなく、それぞれの作業について「誰でもできるやり方」を李に細かく説明してメモをとってもらい、そのメモを元にマニュアルを作るよう李に指示した。

こうしてマニュアルを作ったことで僕自身の復習になり、李は忘れず迷わず作業を進めることができるようになった。しかも今後増員したときにもこのマニュアルがあれば作業を教えるのは簡単で、まさに一石三鳥！

DMやケータイサイトについても李にひな形を作ってもらい、情報を更新すれば使い回しができるようにした。

その結果、僕はビジネスプランの立案や商談に専念できるようになり、ますます売り上げは伸びた。

起業半年後には、代理店契約をしているメーカーの売り上げの大半を、僕の会社が占めるようになっていた。販売ボリュームで上位にいるメリットは大きい。僕の会社はメーカーからも一目置かれる存在となっていた。

3　起業1年で売り上げ1億円！

　ある日、新聞を読んでいるとひとつの記事に目が留まった。中国で、デンタル機器を扱った大規模な展示会が行われるらしい。とたんにボスの言葉が頭に響いた。

〈需要と供給のバランスが変われば値段が変わる。安う買うて、高う売ることが可能になってくるんや〉

　仕入れる場所と売る場所が変われば、需要と供給のバランスが変わり、値段が変わる。これはビジネスチャンスだ！

「ちょっと中国に行ってくる。留守番頼んだ」

　李にそう言い残し、僕は早速中国へと飛んだ。

　展示会に行ってみると、だだっ広い展示場に最先端のデンタル機器が美しくディスプレイされている。1周するだけで日が暮れそうな広さだが、うろうろするうちにふと、日本で使われているのと遜色ないデンタルユニットを作るメーカーがあることに気がついた。

これはいける。瞬時にひらめいた。

僕はデンタル機器の目利きができるし、ボスのところで修業していたおかげで中国語もある程度わかる。これを取り扱ったらえらく儲かるんじゃないだろうか。値段を訊いたところ、日本で販売しているもののなんと3分の1の価格で仕入れることができるという。ボロ儲けとはこのことじゃないか!?

ただひとつ、問題があることもすぐに判明した。薬事法だ。医療機器を新規に販売するには、その機器が薬事法に適合していることを証明する薬事承認審査を通さなければならない。この審査に費用がかさむのだ。だから医療機器メーカーからの卸値は高くなっている。


高品質の中国製デンタルユニットを日本で安く売ることはできないのだろうか。なかなか諦めきれず、日本に戻ってから薬事承認審査について詳しく調べてみた。

すると、書類さえ揃えれば、薬事承認を通っていない機器でも海外から輸入できることがわかった。さっそく管轄の厚生局に行くと、どのような書類が必要なのかを懇切丁寧に教えてくれた。やっぱり、**わからないことはわかる人に訊くに限る**んだなぁ。

こうして、僕の会社では中国製のデンタルユニットも扱うことができるようになった。狙いどおり、購入してくれる歯科医院は跡を絶たず、利益は爆発的に増え、売り上げに至っては**会社設立から1年間で1億円を達成した**。バイトの李と2人で、1億円を売り上げた。悪くないどころかすごい数字だ！

毎月、何千万円というお金が動くようになった。これでようやくボスから独り立ちできたという実感が湧いた。

この勢いを殺してはいけない。ここで進むのをやめたら、僕は負けだ。


売り上げが1億円を突破した次の週、ボスが食事に誘ってくれた。気づけばボスとは半年以上会っていなかった。起業して一国一城の主になったのに、ちょこちょことボスに相談するのはかっこ悪いと思ったのだ。しかし売り上げが1億円を突破したことはひとつの節目なので、電話でボスに報告したところ今日の会を設けてくれた。

場所は前にも連れていってもらった「町の中華屋」だ。1階の厨房で中華鍋を振るワンさんに、ボスとの待ち合わせであることを告げると、ワンさんは無言であごを地下に続く階段へと向けた。

　地下に下りると白いチャイナドレスを着た女性が席へと案内してくれる。ほどなくしてボスも下りてきた。相変わらず「普通のオッサン」ぽいその姿がなつかしくて、僕は一気に修業時代の自分に戻っていた。

「ダイちゃんひさしぶりやなぁ。独立1周年、おめでとうさん」

「ありがとうございます」

「2人で1億円か。まあまあやん」

　ボスは席に着きながらニヤリと笑った。

「ボスの教えが役に立ちました」

「そらそやろ。今まで伝えたワシの言葉に何億の価値があると思てんねん」

　クソー、相変わらずムカつくなぁ。でもそういえば、最初に教えてもらった言葉には「10万円の価値がある」って言われたんだっけ。

　ほどなくしてボスの白酒と僕のジンジャーエールが届き、乾杯をした。白酒をうまそうに一気にあおるとボスが言った。

「それで、これからどないするつもり?」

「はい。デンタルユニットの販売がうまくいっているので、今度は別の事業を手がけようかと思ってます」

ボスは「ダイちゃん、その意気や!」と言ってくれるかと思ったら、予想外に無表情になってしまった。

「……ズルい兎《うさぎ》は、穴を三つ掘る、やな」

「なんですか、それ?」

「ちょっといつものノート貸してみ」

もちろん僕はあのノートを今でも毎日持ち歩いている。鞄から取り出してボスに渡すと、空いているページにこんな言葉を書いて見せてきた。

狡兎《こうと》に三窟《さんくつ》あり

「古代中国の弁士の言葉を集めた『戦国策《せんごくさく》』にある言葉なんや。ズルい兎は穴を三つ掘る。なんで三つ掘るかいうたら、危険がせまったときの逃げ場、つまり**危機管理のため**やな。

そして兎よりズルいワシら華僑は、危機管理のためだけやのうて、**機会創出の備えとし**

ても穴を掘る。あ、もちろんズルいはエエ意味でやで」

「つまり複数の事業を手がけるというわけですよね」

「そのとおりや。華僑の多くは看板ビジネスだけで儲けを出しとるんやない。**小さいビジネスもぎょうさん手がけて全体で儲けを出す**。複数のビジネスを同時に走らせるんは、華僑にとってはもっともスタンダードな商売のやり方なんや。

ただ、ダイちゃんの場合はちぃと様子を見たほうがええやろな」

一瞬、ボスが何を言ったのかわからなかった。

「バイトと2人で売り上げ1億円。ようがんばったと思うで。そやけど事業っちゅうのは続けてこそうまみが出てくる。ダイちゃん、今の体制でもう1年がんばれると思うか？もしダイちゃんががんばれたとしても、他の人間はどうや？」

「僕の体も気力も問題ないです！せっかく勢いに乗ってるときですよ。今新しい事業を手がけずに、いつ手がけるんですか」

僕はジンジャーエールをぐいと一息に飲み干した。そんな僕をじっと見つめながら、ボスは口を開いた。

「確かに華僑が複数の事業を同時に手がけるのは事実やけど、ひとつの事業が軌道に乗るまではそれ一本槍なんやで。よそ見してたら、足踏み外すことがあるからな。

──なあダイちゃん、なにも永遠に新規事業を起ち上げるなとは言うとらんやろ。まずは足元固めろ、そう言うとるだけやないか」

「ボスこそ、何を言ってるんですか！　ビジネスはスピードが命だって教えてくれたのは、ボスでしょう」

「はぁ？　ああ、もう話にならんわ。自分ちょっと頭を冷やし」

ボスはそう言うと席を立ち、階段を上がって店を出ていってしまった。料理をテーブルに運ぶタイミングを見計らっていたらしいチャイナドレスの女性が、困った顔でこちらを見つめている。

僕は間違っていない。新しい事業を起ち上げることの何が悪いっていうんだ。こうなったら、事業の多角化を絶対に成功させてやる。

僕はウェイトレスの女性に2人分の料理をそのまま持ってきてもらい、腹がはちきれそうになりながらお祝いのご馳走を胃に詰めこんだ。

ボスの教え

・危機管理と機会創出のために、複数のビジネスを走らせるのが華僑のスタンダード
・今の体制のままでもう1年がんばれるか?→いや、絶対できる!

4 人を信用していいのは99%まで

いよいよ起業2年目。僕はボスの忠告を無視して事業の多角化に力を注ぐことにした。まずは、歯科用接着剤や綿といった歯科材料の販売に乗り出した。これが見事に当たり、売り上げはますます伸びた。

しかしここまで事業が拡大してくると、さすがに李と2人では回せない。事務作業を担当してもらうために、社員を2人雇い、李も社員にした。今までは営業や売上代金の回収、帳簿付けからメーカーとの仕入れ値の交渉や支払いにいたるまですべて自分でやっていたが、社員に任せられることは任せるようにした。

また、商品ラインナップを増やしたため、事務所とは別にショールーム用の部屋を借りることにした。ショールームで商品を見てもらった後、そのまま商談になるため、僕はショールームにつめることが多くなり、そのうち事務所にはほとんど顔を出さないようになった。

そんな体制でも心配していなかったのは、李がいたからかもしれない。単価の高い商品の商談は僕が担当していたが、歯科材料の販売事業については李に任せっきり。仕入れ代金として、１００万円単位で現金をポンと渡すこともあった。

まだまだ事業を拡大できるはずだ。僕はインターネット回線の設置工事の仕事にも手を出した。

インターネットや工事のことはまったくの門外漢だ。しかし、インターネット時代で工事の需要はいくらでもあるのだから、やらないという選択肢はない。この事業のために、僕はさらに８人の社員を雇い、広いオフィスへと事務所を移した。

どの事業も順調ではあるが、常に営業し続けなければならない。この仕事のやり方に対してふと不安がよぎった。自転車と同じで、止まるとこける。このままだといつか疲弊するのではないか。

そんなとき、資金はないけれども独立して歯科医院を開業したいという女医の浜田と知り合いになった。

そうか、歯科医院の経営という道があるぞ。歯科医院なら自分がよく知っている分野だし、これまでの事業とも重ならない。

「私は歯科医師として成功したいんです。土日も身を粉にして働くつもりです！」

若く、やる気に満ちた彼女の様子を見て、僕はボスに弟子入りを願い出た頃の自分を見ているような気がした。ここまでの気概があれば成功するに違いない。

これまで事業で儲けてきた分のほぼ全額にあたる、4000万円を浜田に投資することに決めた。

売り上げも順調だし、運転資金はなんとかなるだろう。新しい世界へと踏み出す期待で、気持ちがはずんだ。


ところが、浜田は開業して3ヶ月もしないうちに、「医院はたたみますので」と一方的に告げてきた。どうなってるんだ？

歯科材料を担当している李は彼女の医院によく出入りしていたので、尋ねてみた。

「あのさ、何か知ってる？」

「いえ、違います」

うん？？？　違いますってどういうことだ？　会話が嚙みあっていない。

ハッとした。こいつ、何か隠してる。これまでどんぶり勘定で現金をポンポン渡していた自分の甘さを今さらながらに後悔した。

「おい、違いますってどういうことだ！　何か不正をやってるんじゃないだろうな。今まで渡したお金と支払い先を確認するから、資料を出せ！」

そこまで言うと、李は顔面蒼白になり、「すみません、すみません。許してください」とひたすら謝罪を繰り返した。

「わかった。とにかく、全部隠さず説明してくれ」

そう伝えると、ようやく李はぽつり、ぽつりと話をはじめた。その不正の全容が明らかになるにつれ、僕は心底がっくりときた。使途不明金、総額８００万円。もともと気の弱い男だから、彼ひとりでこの額の横領をやれるわけはない。インターネット回線の部署のヤツらと共謀したようだ。

「全員クビだ！　もう会社に来るな！」

ここまで順調に来ていると思っていたのに、急にどうしたんだ。またしても「想定外」が行く手を阻むのか。

800万円というお金を失ったのもショックだったが、もっと残念だったのは、クビを言い渡した社員のなかに「会社に残らせてください」と言う人間が一人もいなかったことだ。苦楽をともにしてきたと思っていたのは、僕だけだった。

鞄からボスの名言ノートを取り出し、ぱらりぱらりとページをめくった。開いたページに、こんな言葉があるのが目に留まった。

人主之患在於信人、信人則制於人

人主《じんしゅ》の患《うれ》いは人を信ずるに在り。人を信ずれば則ち人に制せらる。

君主の悩みは人を信じることのなかにある。人を信じたら人にいいようにされる。戦国時代の思想家・韓非子《かんぴし》の言葉だそうだ。今の僕にぴったりの言葉だ。

どれだけ誠実そうに見える相手でも、状況によって人は変わる。どんなにがんばってもそれをコントロールすることはできないのだ。僕のやり方が間違っていたんだなぁ。

そういえば修業時代、ボスにこんなことを言われたことがあった。

「日本人は知らんヤツには思いっきり高い壁を作るけど、いったん信用したら、なんの疑いも持たんと100%信用しよるんやなぁ。せやからちょっとしたことで『騙された、裏切られた』って大騒ぎすることになるんや。

華僑はちゃうで。**どんな相手でも信用するのは99%までや**。残りの1%は自己責任やと心得てる。

全面的に信用するなんて、ワシに言わせたらそら甘えやで。自分の頭で考えることを放棄して相手に委ねてるわけやからな。そこに油断が生まれるんや」

ボスの言葉どおりに失敗してしまった事実が胸に重くのしかかる。

だが落ち込んでばかりもいられない。歯科医院開業のために浜田に貸した4000万円を回収しなければ、次の一手が打てない。とにかく預金通帳と届出印を取り戻さなければ。

しかし、浜田との交渉は一筋縄ではいかなかった。

「あれは借りたんじゃなくて投資してもらったんでしたよね？　返すことはできません」

きっぱりと言い放ってきた。

「ふざけたこと言うな！　これまでいくら出してやったかわかってんのか！」

カッとなって怒鳴ったら、恐喝として警察を呼ばれ、弁護士に委任され、浜田と直接話ができないようになってしまった。口では負けないつもりの僕だったが、彼女の弁護士は執拗に揚げ足をとってくる。

完全に失敗だ。法律のプロを相手に、素人の僕が敵《かな》うはずもない。あれだけ債権回収をやっていたはずなのに、自分の債権の取り立てもできないとは！

悪いことは重なるもので、取り扱っていた中国製のデンタルユニットに事故が多発した。

「治療中の口腔内を照らす無影灯がつかないぞ！　どういうつもりだ！」

「歯を削るタービンの軸がブレて治療ができない！　こんな不良品、使えないわよ！」

電話を取ればすべてがクレームなのには参った。

その都度、菓子折りを持ってご迷惑をおかけした歯科医院や患者さんのところに謝りに行く。他に社員はいないので、壊れたデンタルユニットのパーツを修理するのも自分だ。でも配線が切れてハンダ付けなどが必要な無影灯を修理するのは、一人では無理だった。仕事を辞めていた妻に事情を話して手伝ってもらった。

「ハンダ付けするから、そこ持ってて」

「えっ、どこ？　ここ？　熱い熱い！　ちょっともう無理。火傷する！」

「わかったわかった、じゃあ僕が持ってるから、ハンダ付けのほうを頼むよ」

「え？　私がやるの？　こんなのやったことないよ」

そう言いながらも、意外と上手にやるので感心してしまった。不運続きだが、ユキがあまり深刻にとらえていないのがありがたかった。

「ボスの名言ノートにもあったじゃない。知難行易。これも経験のひとつでしょ。それに、私が今までどれだけ苦労したと思ってるの。みんながあっと驚くようなお金持ちになるんでしょ？　ここで諦められたんじゃ割に合わないよ」

女は強いなぁ。僕は久しぶりに顔がほころんでいる自分に気づいた。

家族のために、そしてなにより自分のために、この悪い状況から抜け出したいと強く思った。

気まずい別れ方をして以来、ボスには何も相談していなかった。しかし、意地を張っている余裕はもうない。ボスに会いに行かなければ！

ボスの教え

・どんな相手でも信用するのは99％まで。残りの1％は自己責任
・全面的に信用するのは甘え。自分の頭で考えることを放棄して相手に委ねてはダメ

5 儲けは自分に少なく、仲間に多く

数日後の朝早く、僕はボスの事務所へと足を運んだ。ボスに会うのはじつに1年ぶりになるだろうか。なつかしい事務所の扉がどこかよそよそしく思えた。

意を決してノックすると、扉が開いてぬっとボスが顔をのぞかせる。思ったとおり、この時間は今でもボスしかいないみたいだ。

「なんか、用？」

「ボス、僕ヤバいんです。想定外のことばっかり起こって、いっぱいいっぱいで、もうどうしたらいいか、自分で考えられないんです」

「そんなんワシに関係ないやん」

いつになく冷たい口調でボスは言った。

「もう、どうにかなりそうで。今の状況をなんとか打開する方法を教えてください」

「1年近く顔も見せんと、何言うとんねん」

「でも、僕にはボスしか相談できる人がいないんです。お願いします！　タダでとは言いません。おいしい羊羹《ようかん》を持ってきました」

僕は羊羹の入った紙袋を差し出しながら、懸命に頭を下げた。

「……これ、始発で並ばへんと買えへんやつやん。一度食べてみたかったやつやん。ズルいでぇダイちゃん」

とボスは大きなため息をつく。

「しゃあないな」

そう言うと、僕を招き入れてくれた。応接コーナーの武将像が今日は一段と睨みを利かせているように感じる。

勝手知ったる給湯室で持参した羊羹をぶ厚く切り分け、給湯器のお湯で淹れた緑茶とともにボスの待つ応接コーナーへと戻る。

「こ、これは！　うますぎるやろ！」

ボスはあっという間に1棹の半分ほどを食べてしまった。糖尿の気はないんだろうか？

ボスの体が少し心配になったが給湯室に戻り、残りの羊羹も切り分けて応接コーナーに持ってきた。

「最近、自分が調子に乗ってたことを思い知らされる出来事が相次ぎまして」

「慣れん事業に手ぇ出して失敗して、社員に金を横領され、歯科医院に金ツッコんで騙されたことか」

「なんで知ってるんですか」

「そんなもん、ワシはなんでもお見通しや」

華僑は超能力まで持ってるのか?

「とにかく、年商1億売り上げて、通帳にも見たことのないような大金が入ってきて、勘違いしてしまったんです。右肩上がりの成長がずっと続くと思ってしまったんですね。できないことはない、どんな事業だって成功させることができるんだって、思い込んでました」

「それでインターネットの設置工事か。言うたやろ、**自分が知らんことで起業したらアカン**て。しかも『金を出す人』と『アイデアを出す人』を自分ひとりでやってしもた。ほんまアホやな。金出す人が別におったら、もっと冷静な判断ができたはずやで」

「確かにおっしゃるとおりです。だから横領もされてしまった」

「人間は利で動く。どんな人間でも魔が差すときはあるもんや。せやから信用してエエんは99%までなんやで」


「またボスにアホと言われるかもしれませんが、僕、なんの必要もないのに鞄に1000万円入れてたことがあったんです。それで『僕は強いんだ。何かあってもお金の力で解決できる。なんでも自由にすることができる』って思ってしまってたんです」

「大金持ったらアカンようになるヤツの典型的なパターンやな。どうせ部下に対しても『給料払とるんやからワシの言うこと聞け』みたいな態度で接しとったんやろ。大きな勘違いやで。


経営者が手にした儲けいうのは、経営者の力だけで儲けたんやない。仲間やパートナーの助力があってこそのもんや。そやからもし**10儲けたら、8は仲間やパートナーに分配して、残った2をいただく**。それがビジネスの基本やで」

「それは大盤振る舞いすぎませんか？」

「目の前の損得に縛られとったら、そう見えるかもしれん。でもな。**ビジネスっちゅうも**

んは、続けてこそうまみが出てくる。ワシが儲け続けるためには、ワシのために動いてくれる人が必要や。

そやから儲けたときは『自分には少なく、仲間には多く』を心がけるし、『自分が取るのは最後でいい』と心がけんねや。そしたら仲間かて、『みんなでごっつい儲けたら自分もごっつい儲かる』て考えよるから、パフォーマンスも上がりやすいんや。結局**長い目でみたらワシの得になるねん**」

「なるほど。僕も長い目で損得を考えることができていたら、今のようなことにはなっていなかったかもしれませんね。だから歯科医院経営の件でも失敗して」

「事業がうまいこといきだすと、いろんなうまい話も集まってくる。ありがたいことやけど、**うまい話ほど大きな想定外が潜んでる**っちゅう話や。調子よくいってるときこそ最悪のことを視野に入れて行動せなあかんねん。

まあええやん、こうしてワシのとこに来れるくらいの元気は残ってんねんから、ええ予防接種になったやろ」

「予防接種ですか？」

「そうや。予防接種って、要はその病気の原因になる細菌とかウイルスを身体に注射することや。そしたら身体のなかにある免疫機能が働いて、その病気に対する抗体なんかができあがる。つまり免疫がつくわけや」

ボスはお茶を一口飲んでから話を続ける。

「ビジネスの場合、細菌にあたるのが騙された経験や大失敗した場面、いわゆる修羅場やな。修羅場をくぐり抜けてきた人間はなんで肝が据《す》わんのか、それは慣れて免疫ができるからや。**想定外いうんは慣れによって克服できんねん**」

「失敗も騙された経験も、まったくムダというわけじゃないんですね」

「そやな。それから免疫の話でもうひとつ大事なんは、『事例を集めていく』ちゅうこっちゃ。対ビジネス、対友だち、対異性、対家族、それぞれに対して事例を集めることで、人生の免疫力は高まっていくんや。

そうしとったら修羅場になりそうなことがあっても『これはあのとき経験したことやな。今回との違いはどこにあんねやろう』って、淡々と問題の解決にあたることができんねん」

「なるほど」

「知ることが多ければ多いほど儲かるっちゅうのが華僑の考え方や。だいたい、失敗したことも騙されたこともない社長なんか信用できるか？　そんなヤツにワシ、よう出資せんわ。

生きとる限りワシらは失敗するし、騙される。誰もそれを避けることはでけへん。せやったら**失敗っちゅう予防注射で身体に免疫つけながら、前に進んでいかな**」

「そんでダイちゃん、この失敗を免疫に変えて、次は何をするつもりなん」

「実は、医療機器のメーカーをやってみようと思ってるんです」

中国で見つけてきたデンタルユニットはクレームが殺到して大変な思いをしたが、故障を自分たちで修理したことで、思わぬ収穫があった。

扱っている商品のどこが弱いか、何を直せばよいのかがつかめてきたのだ。そこを改善すれば、故障しにくくて使いやすい商品になる。薬事承認審査を通すこともできるだろう。となれば、今度はメーカーとして再出発できるかもしれない。

「今やっている代理店としての仕事は、どこまでいってもメーカーとユーザーの橋渡しです。そのなかでできることには限りがあります。でもメーカーになれば、歯医者さんに自信を持ってお勧めできるデンタルユニットを作ることができます」

「そらそうやろうけど、先発メーカーがぎょうさんあるやろ。そんななかでどないして利益を出すねん」

「安う作って、高う売る。そう、ボスに教えていただきましたよね」

ボスの目を見てそう答えると、ボスは一瞬驚いたような顔をした。

「そうか……クックックック、クックックッ、ブワーハッハッハッ！」

ボスはいきなり顔をくしゃくしゃにして笑い出した。

「なんやダイちゃん、ヘコんでると思たら意外と元気やん」

「いやほんとに今、いっぱいいいっぱいなんですから！　でも商売のアイデアだけはあります。中国で商品を安く作って、日本で高く売るんです。今まで商社としてやっていたことを、今度はメーカーとしてやるわけです」

「安う作る言うても、ただ安う作るわけやないんやろ」

「そうです。今回のポイントは、**〝高く作って安く売る〟**ことにあります。つまり日本の消費者が納得するような高クオリティのものを中国で作って、日本の市場で売るわけです。人件費も、部品代も安いですから、安く売っても利益は今まで以上に出るでしょう」

「そやけど、それだけのクオリティのもんを、しかも納期どおりに中国人に作らせるんは大変やで。それこそ日本の大企業かてようけ失敗しとるし」

「その点が日本人にとっては難しいと思います。でも、もし僕に中国人のパートナーがいたらどうでしょうか」

「なるほど。それでワシに相談に来たっちゅうわけか」

「そうです。中国で商品を作って、それを逆輸入して日本で販売する。僕がやろうとしているビジネスモデルと似たようなことをする人はこれまでにもいました。でも、その多くは失敗していますよね。原因は現地の人間とのトラブルです」

「そやからワシに中国人のパートナーを紹介してほしいと。で、どんなヤツがエエんや」

「日本語が話せる中国人で、捨て金、つまり消えてもかまわないお金を使える人間がいいですね」

「パートナーというからには出資もしてもらうんやろ」

「はい。資本金1000万円の会社を作ろうと思っていまして、出資比率は僕が51%で、相手が49%。この条件を呑んでくれる人間をパートナーに迎えたいと思っています」

「なんやったら、ワシも出資したるで」

「ありがとうございます。正直、こんなにお金がかかるものなのかって驚いています。でも、大丈夫です。自分でなんとかやってみます」

「よっしゃわかった。パートナーの件はちょっと待っとき」

「よろしくお願いします！」


自分の事務所に戻ってきた僕は、椅子に座るとため息が出てしまった。

目の前には直さないといけないデンタルユニットのパーツが鎮座している。

大丈夫です。ボスにはそう言ったが、実は全然大丈夫じゃない。

相変わらずデンタルユニットの不具合は続いていて、毎日修理して回っている。

それに薬事承認を取りつけるためには、しっかりとした受け入れ検査ができる機材を揃える必要がある。国に納めるお金も必要だし、薬事コンサルタントの力も借りないといけない。おそらく何千万円レベルの資金が必要になるだろう。それでも、これを進めなければ僕に先はないのだ。

浜田に任せた歯科医院につぎ込んだお金は運転資金1000万円、内装費3000万円。医院のあった物件は居抜きで借りてくれる人を探しているが、なかなか見つからない。もし借りる人がいなければ解体費用や産廃費用をふくめて、さらに500万円くらいかかる見込みだ。

浜田に対して銀行振込にしていれば記録が残ったのだが、僕は現金で渡していた。そこにつけこまれたのだ。さらに浜田は恐喝罪で訴えると僕を脅しにかかっている。

考えていてもどうにかなるわけじゃない。まずは目の前のことをやろう。立ち上がって未修理のパーツのほうへ向かったとき、電話が鳴った。

「×○法律事務所の鷲尾《わしお》です」

受話器からは甲高くて耳障りな男の声がした。浜田の担当弁護士だった。このところしつこく電話をかけてくる。

「またお前か！　なんの用だ」

「お前って、ひどい言い方ですね。私まで脅迫するつもりですか」

「脅迫してんのはどっちだよ。とにかく早く金返せ」

鷲尾は僕を馬鹿にするように鼻で笑った。

「おかしなことを言いますね。借りてもいないものを、どうやって返せばいいんです。貸したっていう証拠を出してくださいよ」

「ふざけんな！　目に物見せてやろうか」

「えっ？　あなた大丈夫ですか？　この会話、全部録音していますよ」

「何言ってるんだ、金盗んだのはそっちだろ」

「盗んだかどうか、じゃあ法廷でやりましょうか。またご連絡いたしますが、大城さんの誠意あるご返答をお待ちしています。それではごめんくださいませ」

「二度とかけてくるな！」

乱暴に受話器を置くと、僕は荒い息を整えた。やり返す。絶対やり返す。何がなんでもやり返す。何が誠意あるご返答だ。要は、恐喝罪で訴えられたくなければもっと金をよこせということじゃないか。どうして、あんな人間たちに振り回されなければいけないんだ。

するとまた電話が鳴った。

「なんだ、まだ用があるのか！」

「大城さん、どうかしたんですか？　山田です」

起業家同士の交流会で知り合った知人の声だった。

「失礼しました！　さっきからいたずら電話がすごくて。あの、お久しぶりですね。お元気ですか」

「まぁ、ボチボチやってます。ところで大城さん、『強い弁護士を探してる』って言ってませんでした？　実はこの前知り合いになった人が、凄腕《すごうで》でね。ちょうど大城さんと同じ年齢で、弁護士会の役員やってる人なんですよ。一度会ってみませんか？」

「本当ですか？　今すぐ会わせてください！」

ボスの教え

- **10儲けたら、8は仲間やパートナーに分配。残った2を自分に**
- **想定外は慣れによって克服できる**

6　戦わずして勝つ

弁護士事務所は、メインストリートにある真新しいオフィスビルの7階だった。受付で名前を告げると、打ち合わせルームのような所に案内された。廊下には同じような部屋のドアが三つ並んでいて、僕が通されたのは一番奥の部屋だ。

少しして、高級そうなスーツに身を包んだ男性が入ってきた。僕は立ち上がって頭を下げる。

「このたびはよろしくお願いします」

「どうも京極《きょうごく》です。じゃあ、まずは話を訊かせてください」

革張りの椅子に腰掛けると、京極さんはそう言った。

僕は浜田とのトラブルの経緯から、今の仕事の状況までのあらかたを話した。

京極さんは時折メモを取り、僕の話が終わるのを待って口を開いた。

「わかりました。要は鷲尾をなんとかすればいいってだけの話です。任せてください、大城さん。じゃ、またご連絡します」

それだけ言うと立ち上がり、打ち合わせは早々に終了となった。

こんな情報だけであの鷲尾をなんとかできるのか？　京極さんがあまりにも簡単に請けあうので拍子抜けした。しかし弁護士にこの案件を任せたことで、浜田の件について自分で考えなくてよくなった。そのぶんメーカー設立について深く考える余裕が出てきた。相談料は決して安くなかったが、損して得とれという言葉が妙に腹落ちした。


数日後、京極さんから「鷲尾の件は片付きました」という電話をもらい、半信半疑ながら弁護士事務所に出かけた。

「あの、本当に片付いたんでしょうか」

「もう大丈夫です。鷲尾がしつこく言ってくることはないでしょう」

「ああ、よかった。ありがとうございます！」

そういえばここ数日、鷲尾から電話がかかってきていない。ホッとしているところに、京極さんがこんなことを言った。

「それで、あなたはどうすんの？　商売している人間でしょう」

唐突な質問の意図がわからず、僕は黙ってしまった。

「だからぁ、年商1億、2億の社長で終わるのか、それともサラリーマンに戻るのか、はたまたビッグな経営者を目指すのかって訊いてんの。今ここで決めてよ」

この前はこんなキャラじゃなかったような……。あまりにも上から目線の言葉にとまどったが、その言葉には有無を言わせない力があった。

「もちろんビッグな経営者を目指します」

「じゃあ、本気で商売することだ」

京極さんは言った。

「浜田からは150万円くらいならすぐに取り戻せる。あとは使っちゃってるんで彼女も用意できないでしょ。もちろん裁判したらもっとお金は取り戻せるけど、1～2年かかるよ。これから新しいビジネスを起ち上げようというときに、長々とつき合ってられる？」

そう言われてみれば、確かに……。なくしたお金にこだわって、今という時間をムダにしたらメーカー設立にはマイナスなのではないか。

「4000万円は事業投資に失敗したと考えて、今回は全部損切り。『もうこのお金はいいです』と考えて前に向かって次に進む。それがアドバイスできる最善の道だ」

「京極さんのおっしゃるとおりです。その方向でよろしくお願いします」

これで浜田の一件に頭を悩ませなくてすむ。僕はボスの事務所へ報告に行った。

「そりゃあダイちゃん、ちょっと賢なったやん」

「ありがとうございます」

「**戦わずして勝つ**。孫子の兵法の基本やけど、いたずらに戦いを引き延ばしても損が広がるだけや。戦わんことで損切りをする。精神の消耗のこと考えたら背に腹は替えられへんで」

「その分、**仕事に力を入れてお金を儲けて、僕の通帳のなかでトータルの金額が増えたら、この戦いは勝ち**ですもんね」

「そういうこっちゃ」

「それにしても弁護士さんっていうのはすごいですね。僕がさんざん苦労していたトラブルを簡単に片付けちゃうんですから」

「強い弁護士探してきて頼んだんはダイちゃん自身やろ。華僑流に言うたらダイちゃんが

『人の頭』使うて想定外を解決した、いうことやで」

「そうなるんですか」

「そうや。ほんで、それは**華僑が金持ちになる必然的な理由**でもある」

「えっ、詳しく訊かせてください」

「ズルい兎は穴三つ掘る、いう話、覚えとる？」

「華僑は看板ビジネスだけで儲けてるわけじゃないって話ですよね」

「そう。そやから華僑は会社に勤めながら複業してるヤツ多いで」

「サブの意味の副業ですか？」

「そっちの副業いうたら、正業の空いた時間に稼ぐようなんが多いやろ。華僑がやるんは複数の事業や。いわば、**ひとり総合商社的に仕事をする**いうこっちゃ」

「よくそんなにこなすことができますよね」

「そら、自分ひとりでやろう思たら、身体がいくつあっても足りひんわ。だから華僑は『人の頭』を使う。

たとえば新卒で会社勤めをはじめた華僑がおるとするやろ。彼らは家賃払《はろ》たら、あとは3食牛丼とかで暮らしよる。残った金で何をするか」

「どうするんですか」

「知り合いで事業やってるヤツに投資しよんねん。ほんで出資した分をあとから株や配当でもらうんや。そうやって儲けた利益をまた投資したりして、どんどん利益を増やしてく。労働者いうより資本家的な発想やな」

「なるほど」

「『人の頭』から得るのはそれだけやないで」

「どういうことですか」

「出資するにしても、作業をお願いするにしても、**金払うて誰かになにかお願いしたら、なにがしかのフィードバックを相手から得ることができる**やろ。

人の頭で金を回し、人の頭で仕事を回し、おまけに人の頭から得た経験と智恵で、儲ける力を高めてく。複数の事業に対してそんなふうにやっとるから、華僑は金持ちになんねん」

「すごいですね。僕ももう一度がんばります」

「そうそう、前に言うてたパートナーの件、4人ほどリストアップしといたで。まあ会《お》うて話してみたらエエわ」

とボスは各人の経歴が書かれた書類をテーブルの上に出した。候補に挙げられた人のなかには僕よりも年上の人間もいれば、まだ大学生らしい青年もいた。
「いろんな人がいますね。会って話を訊いてみようと思います」
「ダイちゃんがどんなヤツを選ぶか、ワシも楽しみやわ。ヒヒヒッ」

候補の人物と面談を重ねるいっぽうで、僕は相変わらずデンタルユニットの修理に明けくれていた。

しかしクレームを受けての修理は、働いても働いても利益が出ない。さらにメーカー起ち上げの準備でお金はどんどん減っていく。なんとかしてお金を稼がなければどうにもならない。

浜田とのトラブルが解決して精神的に落ち着いたこともあり、しばらく休止していたデンタルユニットの営業を再開することにした。方法は以前と同じファックスＤＭだ。

少しでも節約したい時期なので自分だけでやりたいところだったが、「ビジネスは１人でやるな」というボスの教えを守って、アルバイトを１人雇った。といっても時給や月給で雇えるほどの余裕はない。売れたら報酬を支払う、出来高制とした。その代わりと言ってはなんだが、売れた場合の報酬は僕の取り分より多くしている。

以前に作っておいたマニュアルが功を奏し、バイト君はみるみるうちに仕事を覚え、1週間足らずの間にデンタルユニットを3台も売ってくれた。

いいぞ。風向きが変わってきた。


数日後、僕はボスの事務所の応接コーナーでボスと向かい合って座っていた。

「ほんで、誰を選ぶことにしたん?」

ボスは興味津々といった顔で問いかけてくる。

僕は鞄から経歴書を取り出し、ボスの前に差し出した。

「ほう。大学生の習《しゅう》か。なんでや?」

「全員と会って話しました。ビジネス経験が僕より豊富な人は魅力的だったんですけど、年上だったり、年が近かったりすると僕の場合、結局モメてうまくいかなくなるんじゃないかと思いまして」

「珍しく自分のことわかっとるやん。ほんで大学生を選んだっちゅうことか」

「それだけじゃありません。習の父親は青島《チンタオ》市の名士です。お金持ちの権力者の息子である青年が、どうして日本人である僕のビジネスに乗ろうと思ったのか。僕にはその理由が読めてきたんです」

ボスは先を促すようにうなずいた。

「これは『練習』なんだな、と。お父さんが息子にビジネスの練習をさせるために、僕と組ませようとしてるんでしょう。実際、資金はお父さんが出すそうです。そういうお金なら、もし損失が出たとしても誰からも恨みは買いませんよね」

「フン、まあまあの読みなんちゃう」

「ありがとうございます」

すると、ボスはこちらに身を乗り出して顔を近づけ、こう言った。

「ええか、ダイちゃん。これはテストケースや」

「どういうことですか」

「自分らが成功したら、日本人と中国人が組むことで金儲けができるっちゅう第1号になる。これが日本人と中国人に与える影響はでかいで。なんせ今まで日本の大企業が失敗してきたことを、自分らがたった2人で成し遂げるんやからな。

そやから、意見が違うたりうまくいかんことがあっても、決してケンカしたらアカン。

これはマーケティング・テストより重要な国際交流テストや。『**日本人と中国人で意見が違うたとき、どないして解決するか**』ちゅうテストやと思って取り組むこっちゃ」

「はい。きっといいパートナーになってみせます」

販売を再開したデンタルユニットは好調な売れ行きを見せていた。

不具合騒動があったことで、有料でのサポート期間の延長を希望するお客様が増えたのが追い風になった。禍《わざわい》を転じて福となすとはこのことだ。

さらに新規の顧客に対しては「今なら安くします」というセールストークをやめ、「2回目から安くします」と営業するようにしたことで、商品のリピート購入率も高まった。もともと1回限りの商売で終わらせず、顧客と良好な関係を保ちながら取引を継続できるような営業活動をしていたが、その点をさらに強化できた。

販売再開2ヶ月にして業績はV字回復！　これまで修理を手伝ってくれた妻と、即戦力になってくれたバイト君と共に喜びを分かち合った。

いいことというのは続くときは続くもので、歯科医院の物件にもようやく借り手がついた。3000万円かけて内装した歯科医院が400万円。大赤字だが、少なくとも解体費用500万円を支払わずにすんだ。
あとは前を向いて歩くのみだ。僕は、ついにメーカーを設立した。

ボスの教え

・いたずらに戦いを引き延ばしても損が広がるだけ。戦わないことで損切りをする
・華僑がやるのは「副業」ではなく「複業」
・人の頭を使ってお金を回し、人の頭を使って仕事を回し、人の頭から得た経験と智恵で、お金を儲ける力を高めていく→華僑がお金持ちになるコツ

7　何も考えてなさそうな上司が人を育てる

数日後、商品化を進めているデンタルユニットのデザインラフを習に見せた。

「習は、どう思う?」

「なんというか、これまでのものとは全然違いますね。スマートでとてもおしゃれです」

「これで値段は他社製品のほぼ半額だ」

「えっ、すごいですね」

「もともとデンタルユニットというのは、ものすごく高い商品だった。だから歯医者さんの選択肢は、誰が見ても割高な高額機械を導入するか、患者離れを心配しつつ古い機械を使い続けるかの二択しかなかったんだ。でもこれからは違う。がんばらなくても買えて、しかも見栄えもする、そんな商品を僕たちが提供する。僕らが歯科業界の常識を変えるんだ」

「そうだったんですか……。この商品なら歯医者さんが喜ぶでしょうね」

「それだけじゃない。いい機械を安く提供できれば、治療を受ける患者さんにとってもメリットが大きい。新しくて清潔な機材で治療すれば患者さんは喜び、来院が増え、歯科医院も儲かるよね」

「そして私たちも儲かります」

習が笑った。

「僕は安いだけ、おしゃれなだけの商品を売ろうとは思っていない。『患者さんの安心安全のため』。医療機器の販売会社を起ち上げたとき、僕はそんな志を立てたんだ」

「ただ安いだけではないのですね」

「そうだ。僕らの作るデンタルユニットは、どこで作ろうが安全で高品質のものでないと意味がない」

「それが中国であろうと、ですか」

「習は無理だと思うのかい」

「没問題《メイウエンチー》」

「ここは日本だ。話すなら日本語でな」

僕が言うと、習は日本語で「だいじょうぶです」と返事をした。

「まずは薬事承認審査だね。製品の安全性や有効性はもちろんだけど、申請したとおりの製品を僕らが製造できる能力を持っているかどうかも審査される。提携先の中国の工場も審査対象になるということだよ」

「お国柄、文化の違いなんて言ってられないですね」

「だからこそ君の役割が重要になってくる」

「わかりました」

「頼むよ。それから『わかりました』は、会社では使わないように。お客さんの前でも口に出してしまうかもしれないからね。これからは『かしこまりました』って言うんだ」

「かしこまりました」

言い慣れない言葉にぎこちない様子ながらも、習は答えた。


「メーカー設立、おめでとうさん」

ある日の夜、ボスはいつもの「町の中華屋」に誘ってくれた。

「ありがとうございます。長いどん底時代を抜けて、ようやく一歩踏み出すことができました」

「習の様子はどないや」

「言葉づかいなんかでは注意することはありますが、前向きにやってくれてますよ」

「まぁ、社会経験が浅いからな。そのへんも含めて鍛えたったらエエねん」

「そうですね」

「今日は鍋の気分や」とボスが言うので、テーブルの真ん中で鍋がぐつぐつと煮えている。豚バラ肉と、白菜の漬物を海鮮スープで煮たものだという。すりおろしたにんにくやゴマだれ、ピンク色の豆腐乳といったいろんなたれをミックスして、好みのつけだれを作って食べるらしい。

「ハフッ、ハフッ、うまいですね!」

「ハフッ、そうやろそうやろ。ハフッ、シンプルな具材がたれの複雑な旨味とマッチして、最高やろ。白菜の漬物の酸っぱさが肉の脂のしつこさを消して、いくらでもいけてまうがな。ハフッ、そういや、中国の工場のほうには顔出してんのん?」

「先週行ってきて、実際に作業する人たちの仕事を体験してきました。それから食事もともにして、工場の宿舎に泊まったんです」

「よう泊まったなあ。ネズミやらゴキブリやら、ぎょうさんおったやろうに」

「みんなはそこで寝泊まりしてますから。郷に入っては郷に従え、ってやつをやろうかなと思いまして」

「ええ心構えや。**大企業がやらんことをやってこそのベンチャー**やからな」

「実は商社として扱っていた中国製のデンタルユニットに、不具合が連続したことがあったんですよ。毎日クレームの嵐で、自分で修理して回って、あのときは心が折れそうになりました」

「ヒヒヒッ、中国製で困ることがなかったら、ほかの誰にでも商売できるわな」

ボスはそう言って愉快そうに笑った。

「でも音をあげるヤツが多いからこそチャンスなんや」

「そうですね。今回はそういうことがないように、工場との関係を密にしようと思ってます」

ボスはチャイナドレスの女性を呼んだ。

「豚肉10人前、追加頼むわ。ほんで、ダイちゃんはこれからどう動こう思てんの」

「はい、今は少しずつ人を増やしていってます。でも……」

「なんや」

「僕は今度こそ、部下とうまくつき合うことができるでしょうか?」

「そやなぁ。この前は部下に裏切られた上に、だあれも会社に残らんで、人望のなさを思いっきり露呈してしもたもんなぁ。ある意味見事やったで。そんで、ダイちゃんの思ういい上司ってどんななん?」

「やっぱり仕事がバリバリできて、俺についてこい! みたいな人じゃないですか」

「フンッ、そこがちゃうねんな。**ホンマにすごい上司は、自分が『すごい』いうことを感じさせへん。**もっと言うたら、何考えてるかわからんところがある。ほんでいっつもヒマそうにしとる」

「それじゃダメな上司でしょう」

「そう見えるやろ。でもちゃうねん。実はこういう上司がいるチームのほうが、ものごっつい業績あげることが多いねん。韓非子さんも言うとるやろ。ノートはよ出して」

去好去悪、群臣見素

ボスはいつものようにノートに書きつけると話を続けた。

「好み を去り悪《にく》みを去れば、群臣は素《そ》を見《あら》わす。

君主が好き嫌いを表に出さへんかったら、臣下は君主に迎合して自分を飾ろうとせえへんし、ありのままにふるまえる。まあ、そんな意味になる」

「上の者は好き嫌いの感情を軽々しく表に出しちゃいけないんですね」

「上司の好き嫌いがはっきりわかったら、ほんまはAと思とることでも、上司はBが好きやから『Bです』て答えるようになるやろ。行きつく先はイエスマンに囲まれた裸の王様や」

「そうなりますね」

「で、何を考えてるかわからん上司の上を行くんが、**何も考えてないように見える上司**や。華僑のなかでも部下を働かせるのがうまいヤツは、たいていめっちゃ無邪気に見える。こういう上司の下ではみんなのびのび仕事しよる。それぞれの持ち味も発揮しやすいんや」

「確かに仕事はやりやすそうです」

「だいたいな、**上司が部下の分までバリバリ働いたっていいことなんかなんもないねん**。

おるやろ？　管理職やりながら現場の仕事にまで口を出してくる上司。部下は『自分が働かんでもエエわ。上司がやってくれるやろ』て思うようになる。そのうち上司は自分の仕事と部下の仕事でいっぱいいっぱいになって、気づいたときには致命的なミスをしてしまうんや」

「とはいえ、自分がやったほうが早いということも多いじゃないですか」

「アホか。部下が全然育たへんやろ。自分のほうがうまいことできるとわかってても、あえて部下に仕事をふる。忍耐がいるけどそれが大事なんや。韓非子さんはこんなことも言うとったで。あの人はすごい人やでほんま」

去智而有明、去賢而有功、去勇而有彊

「智《ち》を去りて明《めい》あり、賢《けん》を去りて功《こう》あり、勇《ゆう》を去りて彊《きょう》あり。

ワシら流に解釈するなら、『賢い君主は自分の智恵、才能、勇気なんかをひけらかさず、それを部下に発揮させて良い結果を得る』ちゅう意味や。**上司が部下の仕事を奪うようなマネしとったら、アカンねん**」

そうか。僕は韓非子の言葉とはまったく逆のことをしていた。道理で上手くいかないわけだ。

「やっぱり、人に動いてもらうのは難しいです。この前、新しく来たアルバイトの若者に仕事を頼もうと思ったら『これをやったら、いくらくれます?』って言うんですよ」

「そいつにとっては目先の金だけが報酬なんやろうなあ。もったいない話や。**その仕事を受けたことで得られる経験も、報酬**やのになぁ。経験が積み重なっていくうちに、自分の信用として醸成されてくる。そうやって信用が高まると、おいしい仕事も来るようになんねん」

「『仕事の報酬は仕事』ってよく言うのも、つまりはそういうことですよね」

「そやな。自分の取り分ばかり計算しとったら、いつまで経っても同じ場所で足踏みが続くだけや。その間にみんなどんどん経験積んで成長してく。**目先の損得にしばられすぎると、結局取り残されるのは自分**なんや。タイミングを見て、その子にそう話してやってもエエんちゃうか」

ボスの教え

・本当にすごい上司は「すごい」と感じさせない。ヒマそうな上司だと部下はのびのび働ける。「何も考えてなさそう」と思わせたらベスト

・賢い君主は自分の智恵、才能、勇気をひけらかさず、それを部下に発揮させて良い結果を得る

8　社員に得をさせる方法を考えよ

中国の工場から上がってきたテスト商品に不具合が見つかった。どうしてこういうことが起こっているのか、僕は習に尋ねた。

「大城さん、これは仕方がないです」

「どうして？」

「どうしても何も、彼らにこれ以上を求めても仕方ないです」

「これでは薬事承認を通らない。僕たちのビジネスはスタートできないよ」

「でも、仕方がないんですってば」

仕方がないというのは中国人がよく使う言葉なのだが、あいにくここは中国じゃない。

「わかった。もういいから中国へスカイプで連絡して」

「いや、現場も仕方がないって言ってます」

僕はキレた。

「じゃあ、この会社にお前がいる意味ってなんだよ！　中国語だったら俺だってできる。『仕方がない』と現場に言わせないために、中国人同士でやりとりするほうが有利だと思ってお前を雇っているんじゃないか。それを忘れるな！」

僕の言葉に習の顔が引きつる。

内心、やってしまったと思った。中国人はメンツを大切にする。それを他の社員のいる前でこっぴどく叱ってしまった。『もう辞める』と言い出すかもしれない。しかし習の口から出たのは、

「申し訳、ございませんでした」

という言葉だった。相手の二手三手先を読んで行動を進める彼は優秀だとは思っていたが、こんなに我慢強いとは。優秀な上に我慢強い、もう最強じゃないか。さすが我がパートナーというべきか。

「悪い。僕も言いすぎた。何に困っているのか話してくれ」

習は少しホッとしたような表情を見せて、今抱えている問題を話しはじめた。

この一件以来、習はさらに粘り強く仕事をするようになった。少しでも不備があれば、現場に差し戻し我慢強く交渉し、必要とあれば現場へ飛んで説得した。工場側も当初はお金持ちのボンボンだと習をなめてかかっていたが、彼のがんばりに心を開き、仕様書どおりの製品が上がってくるようになった。

「やったじゃないか、習。品質、納期、どれをとっても素晴らしい。これなら審査も通るよ」

「私はやるべきことをやったまでです」

習は少し照れながら言った。

そしてメーカー設立から1年。

僕は習をはじめとしたスタッフを事務所の中央に集めた。

「薬事承認審査、無事通った！」

僕は厚生労働省から送られてきた書類をみんなの前で高々と掲げた。スタッフから拍手と歓声が沸き起こった。

「審査のために山のような資料を作ったり、なかなか思うようにサンプルができなかったり、ここまでみんなにも苦労をかけたが、なんとか乗り越えることができた。みんなのおかげだ。ありがとう！」

習は早速中国の工場に電話を入れたようで、通話を切ると大声で言った。

「董事長《とうじちょう》はじめ、現場のみなも喜んでいました。大城さん、本当におめでとうございます」

「ここからが本当のスタートだ。習、これからもよろしく」

僕は習と固い握手を交わした。

ついに薬事承認がおりた。これで胸を張って、僕らの自信作を世に送り出すことができる。そして新たなスタートを切ることができる。

薬事承認審査に時間がかかったこともあって、この1年間メーカー事業での売り上げはゼロ。やるべきことはたくさんある。

「おめでとう！」

家に帰るともう遅い時間だったが、ユキは起きて待っていてくれた。

「お祝いに、すっごく美味しい高級チョコを買ってあるんだ。子どもたちに見つからないように二人で食べよう」

「わざわざ用意してくれてたんだ。ありがとう」

「じゃあ、会社の発展とあなたのがんばりに乾杯！」

コーヒーカップをカチンと合わせて乾杯をした。チョコを口に入れて溶かしていると、中からパッションフルーツのソースが出てきて、爽やかな味が舌の上に広がった。今日までの苦労を癒やしてくれるような、優しくて華やかな甘さだった。

「これまでメーカー事業の売り上げはゼロだったからね。ここからが本番だよ」

「それであなたはまず何から手をつけるの」

「お客さんや、僕の会社の社員に得をしてもらいたい。『**目の前の得は人に譲って、自分はもっとでっかい得を狙え**』っていうのがボスの教えだからね。といっても、今回の商品自体がお客さんにとっては得になる商品だという自信はあるから、考えるべきは社員に得をさせる方法かな」

「そっか。やっぱりお金かな。ボーナスや給料を上げるとか――でも、ありがちよね」

「いや、お金というのは大事だと思うよ。要は使いようだよね」

「たとえば、あなたにとっての大きな得って何？」

「会社が儲かることだろうな」

「つまり社員の人に得をさせることで、あなたは『会社が儲かる』という得を得る。そういうことよね。じゃあ、会社が儲かるにはどうしたらいいの」

「営業が商品を売って、経理がしっかり仕事をして、それぞれの部署の人間ががんばってくれたら会社は儲かるよ」

「ということは、**『会社が儲かる』という目標に向けて、社員のみんなが動いてくれたら、あなたは大きな得をする**というわけね。たとえば**人を動かすボーナスの出し方**ってないの？」

人を動かすボーナスの出し方、ねぇ……。2個目のチョコに手を伸ばしながら、考えをめぐらせた。

「そういえばボスが前に、**人間は二つの動機で動く**って言ってたな」

「なにそれ」

「ボスが言うにはね、人間は『**今、自分が持っていないものを手に入れたい**』『**今あるものを失いたくない**』。この二つの動機から行動を起こすんだって。だから華僑の人たちは、

誰かを動かそうとするときは『得したい』『損したくない』の両面から相手に働きかける
らしいんだ。
しかも、まず相手に得をさせておいてから『損したくない心理』に働きかける――そう
か」
「なにか思いついた?」
「ボーナスといえば、ふつうは6月と12月に支給される。それを1ヶ月早めて5月と11月
に支給することにしたらどうだろう」
「ほかの会社の人より先にボーナスがもらえるわけね」
「そう。といっても、ただ早く支給するだけじゃない。ボーナスの査定って、過去半年の
業績にあわせて支給されることが多いだろ。そこをうちは、業績が確定する1ヶ月前に
『きみならこのくらいの数字は達成できるよね』と試算して、実際にお金を振り込んでし
まうんだ。『ただし目標達成できなければ返してね』という条件付きで」
「えっ、返さないといけないの?」
「人間、一度手にしたお金を返すというのは嫌なものだ。みんな期日までになんとか数字
を達成しようと力を尽くすだろう」

「よくそんなズルいこと、考えるわね」

ユキが露骨に顔をしかめる。

「僕はただ、**社員の得になって会社にも得になること**を考えただけだよ。だから達成不可能な目標なんて設定しないし、もしどうしても達成できなそうな社員がいたら、達成できるようにアドバイスして一緒にがんばる」

「なるほど」

「上司からのアドバイスって時にはウザいものだけど、このときばかりはお金がかかっているぶん吸収が早いと思うんだ。**部下は成長するし、会社の利益はあがるし、僕は社員に説教しなくてすむ**」

「まさに一石三鳥ね」

「仕事用の靴やスーツは会社の経費で買ってOKにするのもいいかもしれないな。社員が高級スーツや靴を身につけていれば、『規模は小さいのに、よほど儲かっているすごい会社だな』とお客さんにも思ってもらえるだろうし。そのための投資としては安いものだから」

「それ、すごくいいじゃない。女性にとっても嬉しいと思う」

「高級車や腕時計も会社で買い上げて、社員に貸与するっていうのも面白いと思うんだけど、どうかな」

するとユキはぷっと吹き出した。

「ごめんなさい。あなたがあんまり楽しそうに話すから」

「ああ、おかげで毎日楽しく過ごしてるよ。起業するっていうのは最高に楽しい！」


次の日の朝早く、僕は事務所に行った。習は僕よりさらに早く来ていた。

「おはよう、早いね」

「これからが本当のスタートかと思うと、いつもより早く目が覚めてしまって」

「じつは僕もそうなんだ。ちょうどよかった、聞いてほしい話があるんだけど」

僕は社員に得をさせる方法について、昨日考えていたことを習に話した。

「面白いですね。お客様にとって社員は初めて出会う会社の顔ですから、彼らが立派な身なりをしていれば会社としてのメンツも立ちます。衣装代にかけていたお金を自分の好きなことに回せて、みんな喜ぶと思います」

「そうかな。それから、働く環境という意味で言うと、会社の透明性にも気を配ったほうがいいよね。**社員には決算書を公開して、取引銀行との打ち合わせに社員を交代で連れていく**のもいいなあ。今会社がどんな状態にあるかを知らないと、いい仕事なんてできないからね」

「賛成です」

「とはいえ売り上げゼロの状態では、どんなアイデアも絵に描いた餅だ。まずはこうした待遇を実現させるための原資を蓄えなくちゃいけない。そこで、今後のビジネスにおいては、そうしたことを織り込んで組み立てていこうと思うんだ。

経営者はふつう、自分の取り分を先に計算してから、その他の人の取り分を割り出す。僕の場合は逆だ。がんばっている**社員の取り分を最初に計算して、最後に残ったものを自分の取り分にする**」

「ボスは大城さんなんですから、いちばん多くもらってもいいんじゃないですか」

習は不思議そうに問いかけた。

「いや、僕は最後でかまわない。だってみんながんばってくれれば、自然と僕の取り分も増えるんだから。がんばった人が報われる。当たり前のことだけど、僕はその当たり前を徹底したいんだ」

「かしこまりました」

どこからか「フンッ、ワシの名言パクっとるやん」という声が聞こえた気がして、僕は笑いを噛み殺した。

9　すごいヤツほど頭を下げる
日々はまたたく間に過ぎていった。僕が心がけたことは、労働環境の整備と社員との対話だ。

ボーナス先渡し制度や、スーツや靴を経費で買える制度、それに高級腕時計や乗用車の貸与制度も、できるところからはじめてみた。社員には大いにウケた。

数百万円もする時計を自分のお金で買うのは大変だが、うちの会社にいれば貸与という形で手にすることができる。社員たちは自分が身につけている姿をSNSにアップしてみたり、高級品に触れる生活を楽しんでいる。

社員とは気軽に話ができる関係をつくることを目標にした。甘い物が好きな女性社員たちとは連れ立って、一流ホテルのラウンジまでケーキを食べに行ったりしている。

学歴がないことがコンプレックスだと話していた社員には、学生時代の勉強と社会人としての勉強は違うことを話した。それに、**成功すれば過去は変えられる**、という話も。

「楽して得したい人間ばっかり育てとったら、会社潰れんで」

僕の近況を聞いて、ボスはそんなことを言った。今日はボスが僕のオフィスを覗きに来てくれたので、会社近くの甘味屋でクリーム白玉あんみつをご馳走している。

「いや、なにも僕は社員を甘やかそうとしてこんなことをしているわけじゃありません。ただ、ひとりひとりが長所を活かしてがんばれる環境を用意しないと、うちみたいな小さいところは、大きく稼ぐことができないと思うんですよ。おかげで少しずつ利益が上がってきています。それに、お金以外にも得をすることがいろいろありました」

「フンッ、どんなことがあるっちゅうねん」

「社員に得をさせる取り組みをあれこれ考えたんですけど、それを実行するには当然ですが原資が必要です。だから、それを織り込んでビジネスを組み立てるようにしてたんですね。すると『**打ち手を多くする**』**という考え方**が自然とできるようになってきたんです」

「打ち手っちゅうんは、利益を生み出すための打ち手っちゅうことか?」

「そうです。**うまくいっていることは絶対に変えずに、うまくいっていないことはすぐ変**

えます。

たとえば集客を目的としたホームページを作ったとしたら、集客ができている限り、僕は絶対にデザインを変えません。逆に、あんまりうまくいってないなあと感じたら、最近デザインを新しくしたばかりでも、すぐに変更します。

新商品や新しいマーケティング手法もつねに試して、**『うまくいっていること』の比率を高めていく**ようにしてるんです」

「なるほどな。悩んどった部下とのつきあいも、さっきチラッと見た感じではうまいことやっとるやん」

「ボスの教えを肝に銘じてますから。ようやくわかったんですが、『俺についてこい』というのは、高度成長時代、もう40年も50年も前の古いやり方ですね。これからは**部下にも頭を下げるのがリーダーシップ**だと思うようになりました」

「大国《たいこく》は下流《かりゅう》なり、やな」

口の周りにあんこをつけたまま、ボスが言った。

「なんですか、それ?」

僕はナプキン差しから取った紙ナプキンを手渡しながら、先を促す。

「老子さんの言葉や。**すごいヤツほど頭を下げる**いうこっちゃ。へりくだることの大切さを説いた言葉やな」

「まさにそれです。経営者はよく、指導、管理、マネジメントという言葉を使うと思うんですけど、僕のベースになっているのは『お願い』です」

ボスはほうじ茶をすすりながら僕の話を聞いている。

「社員に仕事を頼むときには、『あれをやってくれ』と命令することはまずありません。『これについてどう思う?』と、社員に意見を求めます。それで興味を持ってくれたら『じゃあ、こんな仕事があるんだけどやってみないか?』と頼むことにしてるんです。華僑流でズルいやり方です。**その仕事をやることを、さも社員自身が決定したかのように持っていくんです**」

「ヒヒヒッ、ハメるのも板についてきたやん」

「そうかもしれません。自分がやると決めた仕事なら、社員たちは身を入れて仕事をしますし、結果としていい結果が出ることが多いんです。

もちろん、うまくいかないこともありますが、それでも彼らから『このようにした結果、うまくいきませんでした』というフィードバックを受けることで、僕は仕事の経験値を高められます。**どちらに転んでも僕と会社はなにがしかのものを得ることができる**わけです」

「まさに一石三鳥っちゅうわけやな」

「そんなわけで、会社は僕がいちいち動かなくても回っていく組織へと変わりつつあります」

「エエ感じやん。そしたら次は狡兎に三窟あり。事業の多角化やな」

「えっ、多角化に賛成してくれるんですか？」

僕はボスの顔を見た。ボスはさも当然だというような顔をしている。

「はぁ？　華僑流の経営者なら当たり前やろ」

「ありがとうございます！」

ある日、僕のパソコンに待ちに待ったメールが届いた。発信者は会計事務所。一斉同報で今期の決算についての結果を知らせるものだった。添付されたファイルをクリックすると、決算書が開いた。黒字だ。設立から1年半もの間売り上げゼロだった僕の会社は、ついに黒字に転換することができた。思わず笑みがこぼれた。

パソコンから顔を上げると、習と目が合った。習の顔にも喜びが浮かんでいた。

「おめでとうございます！」

習が僕の机のところまでやってきて、そう言った。

会計事務所からのメールに気づいた社員たちが、「よっしゃあ！」「やった！」「我做到了（やった）！」と騒ぎはじめていた。

「大城さん、みんなになにかひと言、お願いします」

習の言葉に僕は立ち上がり、社員たちの前に出た。

「設立から1年半もの間、売り上げゼロだったわが社だが、ついに今期、黒字にすることができた。これもすべて、みんなのおかげだ。本当にありがとう。やっと手にした喜びを、今日は思いっきり嚙みしめようじゃないか！」

社員たちから拍手と、地鳴りのような歓声が沸き起こった。

「明日からまた僕らは新しいスタート地点に立つ。そこでみんなに言っておきたいことがある。それは『強い者が生き残るのではない。変化に対応できた者が生き残るのだ』ということだ。ダーウィンは、そうした考えのもと進化論を提唱した。

ビジネスだって一緒だ。これからも自分自身と会社を変化させていこう。そして、来年の今日もまた、みんなでこうやって喜びを噛みしめることを楽しみにしている」

メーカー事業は軌道に乗った。僕は社長を習に任せることにした。

「わかりました。大城さんのやり方を見習ってがんばります」

「そりゃ嬉しいけど、習なりのやり方を見つけて、早々に僕を超えていってくれよ。思えば習と出会ったのは、僕が歯科医院の経営に失敗して、デンタルユニットの不良品の山と戦っていたどん底時代だよな。日本人の起業家仲間からは『大城は終わった』って陰口を叩かれてたころだ。なんで習はそんな日本人と一緒にやろうと思ってくれたんだ?」

「それは、僕にはわかってたからですよ。大城さんはこれから、どんどん上昇していく人だって」

そう言ってにっこり笑う習を見て、僕は思わず目頭が熱くなり、「ありがとう」と伝えるのが精一杯だった。

同時にいくつものビジネスを走らせる華僑流にならって、事業の多角化に乗り出した。

多角化には一度失敗しているが、あの失敗から僕は多くのことを学んだ。それに今度の僕には習というパートナーがいる。今の僕ならきっとやれるはずだ。

「お金を出す人」「アイデアを出す人」「作業をする人」を分けるという華僑の鉄則を守りながら、不動産、建築、メディアといった事業会社を次々に起ち上げた。いずれも成功し、そして僕にとっては痛恨の出来事だった医院経営についても、縁あって理事を務めることになった。

なんにも持っていなかった僕が、**今では国内外に6つの会社を持つオーナー経営者だ。出資している会社は30社に及ぶ。**

僕は積極的に海外進出を図るようにもなった。すでに中国にはいくつかの現地法人を設立していたが、フィリピンやベトナム、タイといったアジア新興国での不動産投資や、ベンチャー企業への投資も行うようになった。

そのころから僕のなかに、一つの夢が育っていった。それは「アジアを制覇するドラゴン、亜龍になる」というものだ。

週末、ユキと買い物に出かけた車のなかでそんなことを話してみた。ドライバーは僕だ。

「亜龍？　ってなに？」

「アジアを制するドラゴンだよ。アジアで勝つということは、中国人に勝たなければいけないってことだ。長年中国人とビジネスをしてきて、その手強さはよくわかっているつもり。でも、今の僕なら中国人に勝てると思うんだ」

「中国人に勝つのって、そんなに大変なの？」

「そうだね。なんといっても彼らはお金の使い方が上手いし、本当に優秀で手強いライバルだよ。ただ、**彼らの弱点は『和を尊ぶ』という発想がないこと**なんだよね」

「和、っていうと、人と仲良くやりながら物事を進める、っていうあれ？」

「そうそう。たとえば不動産投資で考えてみて。地価が上がっている地域はたいてい中国人が投資してる。なぜなら情報をいちはやくつかんで買いに出るからなんだ。高くなりそうな物件を、安いうちに買うことができる」

「やっぱり目の付け所がすごいのね」

「それもあるけど、彼らはお金の使い方がうまいから、その地域の情報を握っている有力者にも食い込むことができるんだ」

「何それ？　ちょっとズルいんじゃない？」

「中国人にとっては、ズルいイコール賢い、だからね。そして地価が高くなったら一気に売りに出す」

「安く買って高く売れれば、手に入る利益は大きいもんね。でも、その地域の土地を持っている他の人はどうなるの？　土地が売られて地価が下がったら、その人たちは大きく損をすることになるじゃない」

「周りなんて彼らは気にしないよ。『そんなこと俺たちは知らない。俺たちはビジネスをやっただけだ。それの何が悪い？』というのが中国人の考え方なんだ。

中国人は、家族と、仲間と認めたごく一部の人間はすごく大切にするんだけど、それ以外に関しては無関心だ。だから社員がないがしろにされることもあるよ」

「そうなの？」

「日本人の場合だと、開発をするときでも『ここには公園を作ろう』とか、住む人が幸せに暮らせる街づくりを考えるし、物件を買った人たちが損をしないように、満室にしてマンションを相手に引き渡したりする。すると周辺地域の人とも仲良くできるし、信用してもらえる」

「なるほど」

「もし華僑流に、日本人が持つ『和を尊ぶ』発想が加われば、アジアの各地で手強いビジネスをしている中国人と五分に渡り合えるんじゃないか。亜龍になれるんじゃないか。そう思ったんだ」

「**華僑流と和のミックス**というわけね」

「そう。で、これができるのは世界でも珍しい。そこを狙いに行くし、その訓練も積んでいるつもりだ」

「なんで世界でも珍しいの？」

「中国人は全員『トップを目指せ』っていう教育を受けて育ってきた。だから仲がいい人間と一緒に会社はやらないし、もしやってもすぐに分社化してそれぞれがトップになる」

「日本人だと『きみがトップをやるんだったら、僕は一歩下がってきみを盛りたてるよ』みたいなところがあるよね」

「中国人の場合は絶対にない。だから中国人がいるのに僕がトップをしてるウチの組織は珍しがられる。習は『お前は中国人なのに、どうしてナンバー2に甘んじてるんだ。ましてや日本人の』と、華僑の世界ではちょっとした有名人になってるよ」

「そんな華僑の仲間がいるから、あなたは亜龍を目指せるのね」

「そうさ。亜龍はアジアを制するだけじゃない。龍は中国でも西洋でも伝説上の動物としてよく知られているだろ。西洋人、とりわけ白人優位世界で、アジアの龍としてその対抗馬になることがこれからの僕の目指す道だ」

ボスの教え

・大国は下流なり。すごいヤツほど頭を下げる

10　リスクを取れば取るほど幸せになれる

ユキと話したことで、目標が明確になった。週が明けると、僕は有名ホテルの季節限定ケーキを持ってボスの事務所の扉をノックした。ドアから顔を出したのはボスだった。

「ボス、僕、亜龍になります！」

「なんややぶから棒に」

「だから、亜龍です。僕は華僑流ビジネス、プラス日本人の和で、アジアのドラゴンになるんです！」

応接コーナーに座らせてもらい、僕の思いを語ると、ボスは腕を組んで目を閉じ、黙り込んでしまった。

「ボス……。やっぱり、さすがにそれは身の程知らずですかね」

「あ、勘違いせんとって。その意気エエと思うで。この場合はどないな名言がぴったりくるんやろかて考えてただけや。そや、近思録《きんしろく》っちゅう朱子学の入門書にこんなんあったわ」

僕は毎日の持ち運びでボロボロになり、ビニールテープで補強してあるノートを開いて、空いているページをボスに差し出した。

所見所期、不可不遠且大

「見る所、期する所は、遠く且《ま》た大ならざるべからず。**ごっつい夢を堂々と掲げれば、ゴールは遠くなくなる**っちゅうこっちゃ。これはダイちゃんの会社にとって、ええことやねんで」

「どういうことですか」

僕は訊ねた。

「ごっつい夢には、人をその気にさせる力があんねん。せやから組織にも勢いがついて、遠いなあと思てた道のりが案外近うなったりもする。

自分ひとりで夢を追うんやのうて、**仲間と一緒にごっつい夢を追いかけるんは楽しいし、**

実現するペースもいつのまにかあがってるもんなんや」

「そうですね。今度みんなにも僕の夢のこと、話してみます」

「これからのダイちゃんにとっていちばん難しくて重要な課題は、『スケジュールをヒマにしておく』ことやろな。なにが突然起こるかわからん。それに対応するには、いつでも手の空いた状態にしておくことが肝心や」

「**チャンスはヒマな人間にやってくる**、ですよね。もちろん忘れていません。いくつかの事業は社長を部下に任せるようにして、僕は時間を空けるようにしました。『肩書きが人を作る』ってよく言いますけど、社長を任せるようになってから、みんな驚くほど成長してくれてます」

「社長になれば銀行への対応から、制作や営業のことまで、全部みていかんとアカンからな。なにより社長になるっちゅうことは、メンツも立てられる。成長するんが早まるんは当然や」

「他の社員たちも刺激を受けるようで『大城さん、僕も社長をやりたいです』ってよく口にするようになりました」

「で、ダイちゃんはなんて答えんねん？」

「『僕の機嫌なんかとってもムダだよ。そんなことに僕は興味がない。まずは会社を儲けさせること。そうしたら僕は喜ぶし、抜擢《ばってき》も考える』って、そのときは答えました」

「フン、なんやそれ。優等生すぎてオモんないわ」


フルーツがたくさん載ったケーキをボスと頬張っていると、弟子入りを志願してここに通い詰めていた頃のことを思い出した。

「ボスと初めて出会った頃は、お金持ちになることが人生のゴールだと思ってました。それから弟子入りさせてもらえて、独立して、自分で1億円というお金を稼いだとき、僕は自分のことを人生の勝者だと思いました。でも、想定外という貧乏神は、まだまだ僕から離れはしませんでした」

「せやったな」

「今振り返って思うのは、**幸せって『何を持っているか』で決まるものじゃない**んですね。じゃあ、何で決まるのか。僕が思うに、それは安心の気持ちかなと」

「**想定外をなくすことで安心度が高まる**っちゅうわけか」

「はい。だからみんな貯金をするんじゃないでしょうか。だけどお金というのは、安心を得るための一つのツールであって、それを目的にしてると幸せになれないんです」

「そやなぁ。**金を目的にしとると貧乏神はどこまでもついてくる**からなあ」

「安心度を高めるというと、守りの姿勢で生きることだと思ってしまいがちだけど、そうじゃなかったんですね」

「それが『リスクを取らないリスク』。つまり想定外の正体や。リスクを取りに行くというと、安心や安全から遠ざかるっちゅうイメージがあるかもしれんけど、そうやない。**チャレンジと安心ちゅうんは矛盾するもんやない**んや」

「そうですね。『自分はスマホなんてよくわからないから使いたくない』というのはリスクを取らないリスク。けれど『自分はガラケーのほうが好きなのでスマホは使わない。でも必要なときはスマホも使えるよ』、そういう状態でいると安心度は増していきますよね」

「やってみるけど染まらへん、流行を知っているけどあえて乗らへんちゅう姿勢が大切なんや。荘子さんがこんなことを言うとるんやで」

ボスはいつもの大きな字で、ノートに書き付けた。

物無非彼、物無非是

「物《もの》、彼《か》れに非《あら》ざるはなく、物、是《こ》れに非ざるはなし。**この世の物事いうんは、ものの見方によっては是か非かも変わってくる**いうことや。失敗を怖がるヤツが多いけど、過剰にビビりすぎなんちゃう？　って思うわ。**アンタの考えとる失敗は『失敗』やないねんで**、って。

すべてはネタになり、事例になんねんから。失敗したとしても、『この方法はやらんほうがええんやな。知れてよかったわ～』て安心につながっとるんやから。逆に言うたら、成功も『成功』やない。そんなもんにあぐらをかいてたら一瞬で崩れ去るで」

「荘子は、物事をフラットに見ろって言ってるんですね」

「フラットな心がなかったら、今目の前で経験したことを受け容れられへん。人間関係でも『なんやこいつ！』とイラつくよりも、『ああ、こんなヤツも世のなかにはおんねんな』とあるがままに受けとめて、『だったら、こういう対応をしよか』て、自分のなかにある事例集から対策を引っ張り出してくる。そしたら想定外は少のうなる。まさに知難行易やな」

「そう考えていくと、人生は一生勉強ですね」

「心をフラットにすることが安心のコツ、幸せのコツやねん。失敗を恐れたらアカンのや」

「はい。まだまだ失敗を恐れず、亜龍という夢に向かって進んでいきます!」

ボスがヒヒヒと笑った。

「大城太ちゅう龍がどこまで昇りつめるんか、楽しみにしとるで」

ボスの教え

- **大きい夢を堂々と掲げるほど、ゴールは遠くなくなる**
- **チャレンジと安心は矛盾しない。チャレンジするほど安心が手に入る**
- **すべてはネタになり、事例になる**
- **心をフラットにすることが安心のコツ、幸せのコツ**

あとがき

最後までお読みいただき、ありがとうございます。

本書は僕の人生に基づく、履歴書のような小説です。フィクションとしてなかなかよかったよ、という感想も嬉しいですが、90％以上、事実に基づいて書いています。

お読みいただいたとおり、僕はコネなし、金なし、実績なし、学歴なしの無い無い尽くしからのスタートで今の生活を手に入れました。

華僑のボスになかなか弟子入りさせてもらえなかったのも事実ですし、うまくいくこともあれば、ドン底に落とされる出来事があったのも本当です。

30歳の頃まで冴えないサラリーマンだった僕は今、目覚まし時計と無縁の生活をしています。今日は平日ですが午前10時に起きました。

国税庁の統計によれば、新しく起ち上がった会社は5年のうちに9割が姿を消すといいます。甘くない世界のなか、僕は起業して10年以上経ち、出勤しなくても各社が自動的に回り、オーナーの僕には当然そこかしこから報酬が振り込まれてくる状態となっています。

本は10冊以上出版することができました。

サラリーマン時代に勉強のため背伸びして読んでいた「日経ビジネス」で、まさか3年も連載することになるとは夢にも思っていませんでした。

今の僕は親しい経営者仲間から「引きこもりのダイちゃん」と呼ばれています。

自分が行きたいと思う用事がないかぎり、家から出ることがないからです。

それでも「亜龍を目指す」という夢はあるので、アジア各国に出かけていき、その国の会社や不動産を2泊3日の出張で即断即決で買う、ということもします。

ただ、いつも成功するわけではなく、文中に出てくる僕と変わらず、「やってしまった」ということは今でもあります。

投資の名のもと、消えていったお金はサラリーマンの生涯賃金を軽く凌駕しますが、その金額が僕の生活に支障をきたすことはありません。

それもこれも華僑のボスの教えどおりに、貧乏神を追い出し、ビジネスもプライベートも本文中の技を忠実に実行しているからにほかなりません。

ボスの下で修業をさせていただいたのは、もう10年以上前のことです。

文中にあるとおり、順調なときはボスのところに顔を出すことはあまりありません。しかし、恩のあるボスです。礼儀正しい日本人の僕は、季節の節目には手土産を持って挨拶に行くことを欠かしません。文中の「僕」と同じく、銘菓を持参します。

相変わらず、ボスの事務所は来日・在日中国人でいつもごった返しています。

最近の僕はボスの事務所に集う人たちを見て、ある危機感を抱いています。

それは、「彼らに日本が飲み込まれるかもしれない」という危機感です。

Tシャツに綿パン姿の20〜30代と思しき若者が、日本のマンションやビル購入の話をそこここでしているのです、1室ではなく1棟丸ごとです。

億単位、数十億単位の話が普通に飛び交っているのです。

大手企業に勤めている人であれば、数十億円のプロジェクトの担当になることもあるでしょう。ですが、ボスの元にいる彼らは当時の僕と同じでコネなし、金なし、実績なし、学歴なし、なのです。そのうえ言語の面でハンディがある日本で、ボスの教えを即実践し、目を瞠《みは》る勢いで欲しいものを手に入れていきます。

その様子を見て驚いている僕に、ボスは「知難行易やな」と気持ち悪いウインクをします。

日本には「言うは易く、行うは難し」という言葉があります。ご存じのとおり、「口で言うのは簡単だが、実際にやるのは難しい」という意味です。

華僑たちは、知難行易です。やるのは簡単、でも本当に知るのは難しい。そういう意味の言葉を合言葉にしています。

知るためにはやらなければならない。つべこべ言わずにやる。

知ってしまえばこっちのもの。足し算や引き算と同じで、油断しないかぎりは間違えなくなるのです。

華僑のボスの教えで、僕は自由を手に入れました。

日本ではアメリカ流のビジネスのやり方が主流ですが、どうもそこには無理があると感じています。

西洋は「宗教を中心とした法の社会」、東洋は「人を中心とした倫理の社会」なのです。アメリカは世界でもまれな多民族国家であり、ルールで固めないと収拾がつかないという現実を見落としてはいけません。また、ロビイストの多くを華僑が占めている事実も知っておく必要があります。


だからといって、僕は華僑礼賛だとか、ましてや中国、中国人礼賛ではありません。

僕がこの小説で一番伝えたかったこと、それは「プロになれば、人生が変わる」ということです。

夏の甲子園の高校野球では、負ければみんなが涙します。なぜ泣くかの理由は簡単、アマチュアである彼らはトーナメントで負ければそれで終わりだからです。

プロは明日も来週も来シーズンも試合があります。ひとつ負けたからといって泣いていたら、涙がどれだけあっても足りません。

プロになるということは一喜一憂せずに、たくさんこなしていくということです。

華僑たちも一喜一憂せずにたくさん打ち手を出していくなかで、成功していくのです。

今の僕にはプロとしての自覚があります。

創意工夫しつつ、やり続ければ、やがてそれは求めている結果に繋がるはずです。


最後に、この小説は、企画から世に出るまでに数年の月日がかかりました。

根気よく付き合っていただいた幻冬舎編集者の前田香織さん、構成を手伝ってくださった佃俊男さん、ありがとうございました。

「土竜《モグラ》の唄」「劉邦」などで知られる漫画家の高橋のぼる先生は、力強さと親しみやすさを兼ね備えたボスの姿を、最高にかっこよく描いてくださいました。

コミックの装丁を多く手がけるデザイナーの久持正士さんは、見慣れたビジネス書とはひと味違う、印象的なデザインに仕上げてくださいました。

お二人とも本当にありがとうございました。

そして僕と関係する皆さん、ありがとうございます。

この小説を手に取ってくれたあなたの、これからの幸せを心より願っています。

大城太

参考文献

『易経 下』高田真治・後藤基巳訳／岩波文庫
『韓非子』金谷治訳注／岩波文庫
『全釈漢文大系 第七巻 荀子 上』金谷治・佐川修／集英社
『荘子』金谷治訳注／岩波文庫
『新訂孫子』金谷治訳注／岩波文庫
『中国古典名言事典』諸橋轍次／講談社学術文庫
『老子』金谷治／講談社学術文庫
『老子』蜂屋邦夫訳注／岩波文庫
『論語』金谷治訳注／岩波文庫
『論語』貝塚茂樹訳注／中公文庫

大城太（おおしろ・だい）
1975年生まれ。複数の会社を経営するかたわら、社団法人理事長、医療法人理事、ベンチャー企業への投資を行っているビジネスオーナー。外資系損保会社、医療機器メーカー勤務を経て独立するにあたり、華僑社会で知らない者はいないと言われる大物華僑に師事。不良債権の回収や、リヤカーでの物売り等の過酷な修業を積み、日本人で唯一の弟子として「門外不出」の成功術を直伝される。34歳で独立後、社長1人アルバイト1人の医療機器販売会社を設立し、初年度より年商1億円を稼ぎ出す。『一生お金に困らない「華僑」の思考法則』『失敗のしようがない華僑の起業ノート』（ともに日本実業出版社）、『世界最強！ 華僑のお金術』（集英社）など著書多数。運営するメルマガは独自の切り口が人気を呼んでいる。
https://daiohshiro.com/melma/

華僑のボスに叩き込まれた世界最強の稼ぎ方

2019年11月5日　第1刷発行

著　者　大城 太
発行者　見城 徹
発行所　株式会社 幻冬舎
〒151-0051　東京都渋谷区千駄ヶ谷4-9-7
電話　03(5411)6211(編集)
03(5411)6222(営業)
振替　00120-8-767643
印刷・製本所　株式会社 光邦

検印廃止

ISBN978-4-344-03531-7　C0095
幻冬舎ホームページアドレス　https://www.gentosha.co.jp/

この本に関するご意見・ご感想をメールでお寄せいただく場合は、
comment@gentosha.co.jpまで。